KB252369

아기 예수도 유머를 좋아하신다

아기 예수도 유머를 좋아하신다

아기 예수도 유머를 좋아하신다

리아 카리니 알리만디 지음

비토리오 세디니 그림

김홍래 옮김

아기 예수도 유머를 좋아하신다

지은이/리아 카리니 알리만디
그린이/비토리오 세디니
옮긴이/김홍래
펴낸이/김신혁
펴낸곳/서광사
　　　　등록 제5-34호. 1977. 6. 30.
　　　　130-072 서울 동대문구 용두 2동 119-46
　　　　대표전화 924-6161　팩시밀리 922-4993　천리안 phil6161

그림 : Vittorio Sedini

이 책은 Lia Carini Alimandi의 *Così sorridono i santi*
(Roma : Città Nuova Editrice, 1993)를 옮긴 것입니다.
Città Nuova 출판사와의 독점 저작권 계약에 의해
이 책의 한국어판 저작권은 서광사에 있습니다.
한국 내에서 보호를 받는 저작물이므로
무단 전재와 무단 복제를 금합니다.

제1판 제1쇄 펴낸날―1999년 5월 20일
1 2 3 4 5 6 7　　　11 10 09 08 07 06 05 04 03 02 01 00 99
ISBN　89-306-5809-1　　03880

차 례

해학 찬가

"웃으면 복이 온다."

옳은 말이다. 요란하게 터뜨리는 웃음이든, 얼굴에 활짝 피어나는 미소든 웃음은 우리 삶에 소금이나 설탕과 같은 것이다. 인간이 농담이나 재담, 풍자시와 풍자극, 만화와 광대극 따위를 만들어낸 것도 따지고 보면 잠시라도 즐거운 순간을 맛보려는 바람 때문이다.

18캐럿짜리 해학

해학은 단순히 웃기기만 하는 코미디와는 전혀 다르다. 코미디는 코미디 작가나 코미디언의 기술이다. 그들은 연극이나 코미디에서 익살스런 인물을 만들어내고 또 그것을 무대 위에서 표현해 내는 데에 탁월한 재주를 가진 사람들이다. 그러나 코미디를 직업으로 삼고 사는 사람도 실제 생활에서는 딱딱하고 메마른 사람일 수 있고, 슬픔에 빠진 사람일 수도 있다. 여느 사람처럼, 아니 보통 사람보다 더 많은 문제를 가진 사람일 수도 있다. 하지만 그들은 비참한 사실에 대해 말하면서도 사람들을 웃기는 비결을 가진 사람들이다.

이탈리아의 코미디언 카를로 캄파니니는 이런 질문을 받은 적이 있다.

"당신은 코미디언의 역할이 무엇이라고 생각하지요?"

"세금 걱정을 잊게 하는 거요."

두말할 것도 없이 당시의 백성들에게는 세금이 가장 큰 문제요 짐이었다. 성인들처럼 큰 영혼을 지닌 사람들이 희생과 고행 속에서도 기쁨을 잃지 않고 살았음을 깨달은 것은 훨씬 뒤의 일이었다.

거듭 말하지만 코미디와 해학은 다르다. 코미디도 해학과 마찬가지로 웃음을 자아내게 하는 것이긴 하다. 하지만 코미디가 자기 자신을 소재로 삼을 때에는 누구도 그 코미디를 기꺼워하지 않는다. 자신의 실수와 행동을 웃음거리로 삼는 것을 좋아할 사람이 어디 있겠는가. 그러나 해학 곧 유머는 다르다. 유머와 코미디는 둘 다 우리의 삶을 대상으로 하지만, 유머는 코미디와 달리 내면으로부터 나오는 것이요, 다양성을 인정하고 다른 사람과 자신을 비교하는 것을 받아들일 준비가 되어 있을 때에 가능한 것이다. 따라서 유머 감각이 있기 위해서는 총명함과 지성을 겸비해야 할 뿐 아니라 재치와 세련된 상상력, 쾌활하면서도 평온한 마음과 자신감이 있어야 한다. 그러나 이러한 장점을 모두 갖춘 사람은 그렇게 많지 않다.

몇 해 전 성탄 무렵, 유명 인사들에게 자신의 아이들에게 가장 주고 싶은 성탄 선물은 무엇이냐고 질문한 적이 있다. 그때 나는 영화 감독이자 모험가인 폴코 퀼리치의 대답을 듣고 깊은 인상을 받았다.

"내 아들에게 가장 주고 싶은 선물은 유머 감각입니다. 사물을 즐거운 마음으로 받아들이는 자세 말입니다. 유머 감각이야말로 인생에 가장 필요한 무기라고 생각합니다. 유머 감각이 있는 사람은 어려운 일도 어렵지 않게 받아들이기 때문에 고통스런 시련조차 덜 고통스럽게 받아들이게 됩니다. 어디 그뿐인가요? 유머 감각은 어두운 그늘을 없애주고 불시에 당하게 되는 실패조차 잘 이겨낼 수 있도록 도와줍니다."

세상 어떤 사람이 갑작스런 실패와 고난으로부터 자유로울 수 있겠는가? 불행이 닥칠 때, 그것을 받아들이지 않으려고 헛된 노력을 하는 것보다는 단 한 번의 유머가 더 큰 도움이 되지 않을까? 유머 감각은 상황을 이해하고 받아들일 줄 아는 능력이 있을 때 가능한 것이며, 자신과 다른 사람을 향해 자애로운 마음을 열어야 가능한 것이다. 유머야말로 가장 좋은 처방 중 하나이다. 웃으면 웃을수록 우리는 더욱 행복해지고 건강한 삶을 영위할 수 있을 뿐만 아니라 착한 사람이 될 수 있다.

하지만 해학 곧 유머는 모든 사람에게 주어진 것이 아니다. 뛰어난 유머 감각이 있는 사람만이 어떤 상황이나 의미를 이해하고 알아채는 것만 보아도 그렇다. 그런 사람들은 대체로 일정한 수준에 도달한 사람이다. 직업으로 유머를 쓰는 사람도 값싸고 하찮은 일이나 의미 없는 내용을 사용하지는 않는다. 웃음을 자아내는 우연한 일이나 하찮은 일들을 소재로 삼기는 하지만, 조잡하거나 저속한 소재를 피해 세련되고 경쾌하며 평온한 소재를 쓴다. 따라서 해학이란 펜 끝에 피어나는 미소라고 할 수 있다. 아리스토파네스나 아리오스토, 세르반테스, 디킨스, 만조니 등도 대단한 유머의 소유자들이었다. 오늘날에도 그런 사람이 있긴 하지만 코미디언에 비하면 그 수가 더 적다. 무슨 까닭인가? 진정한 해학을 위해서는 비범한 독창성이 필요하기 때문이다. 아킬레 캄파닐레[1]는 "유머란 뇌를 간지르는 일"이라고 정의했다.

일반적으로 유머는 외관이 아니라 실질을 중시하는 사람들의 것이요, 정신적으로 자유롭게 사고하고 말하고 행동할 줄 아는 용기 있는 사람들의 것이다. 자신에 대한 남의 말에 지나치게 예민하지 않은 사람이야말로 독창적인 사람이다. 그런 사람들만이 다른 사람이 지적하기 전에 자신의 결점에 대해 웃어넘길 줄 아는 사람이다. 하지만 모든 것이 정형화되고 규격화된 오늘날의 사회에서 독창성 있는 사람은 그리 많지 않다. 현대인들의 생각과 삶은 그 자체가 대량생산 체제의 전형적인 모습을 하고 있다. 누구나 똑같은 생각을 하고 똑같은 옷을 입고 똑같은 투로 말하지 않는가! 모든 사람과 사물이 평준화되고 외관만이 중요해진 오늘의 시대는 한마디로 인간성이 위협받는 시대요, 독창성이 죽어가는 시대이다.

독창성이란 일반적인 것과는 다른 어떤 것을 요구한다. 아울러 개성과 함께 호감이 가는 어떤 것을 담고 있어야 한다. "일반적인 것과는 다르다"는 것은 "중심을 벗어난다"는 것을 의미한다. 말 그대로 보통과는 다른 것이요, 중심을 다소 벗어나는 것이다. 그것도 아주 미소하게 중심을 벗어나는 것이다. 중심을 지나치게 벗어나는 사람은 정신병원에 다녀야 할 테지만, 균형을 유지한 채 중심을 적절하게 벗어나는 사람은 훨씬 활력 있고 다채로운 면모를 갖게 되고 품위 있는 모습이 된다. 워르 신부는 사람들의 독창성이 좀더 풍부했다면 세상은 지금보다 훨씬 더 풍부해졌을 것이라고 말한다. 하지만 모든 사람이 다 독창적인 사람이라면 독창적이라는 말도 그 의미를 잃어버리는 것이 아닐까?

진정으로 독창적인 사람은 예술가나 과학자나 성인일 것이다. 그 중에

---

1) 주로 유머가 넘치는 글을 쓴 20세기 이탈리아의 저술가.

서도 성인은 가장 만나기 어려운 사람이다. 성인은 '기쁨의 사람'이기 때문이다.

기쁨

부고(Bougaud)[2] 같은 사람은 "좋으신 하느님께서 기쁨에 넘쳐 세상을 창조하셨다"고 했다. 마음속에 기쁨이 있는 사람만큼 선한 사람은 없다. 선 자체요 사랑 자체이신 기쁨의 하느님께서는 자신이 창조한 모든 피조물로 하여금 그 기쁨에 참여하기를 바라셨다. 하지만 그러기 위해서는 그 기쁨을 알아보고 좋아할 줄 아는 눈이 있어야 한다. 교황 요한 23세는 "우리는 모든 사람의 좋은 점을 볼 줄 알아야 한다. 우리는 낙천주의자가 되어야 한다. 비관주의는 어떤 일에도 소용 없었고 앞으로도 소용 없을 것"이라고 말씀하셨다. 19세기 이탈리아의 대표적인 소설가 만조니는 이렇게 말했다.

"가능한 한 많은 사람에게 선을 행하십시오. 그러면 여러분은 언제나 여러분에게 기쁨을 주는 사람들을 만나게 될 것입니다."

토르콰토 타소는 성인은 아니었다. 하지만 성실한 신자였다. 어느 날 프랑스의 왕 샤를 9세가 세상에서 가장 행복한 존재가 무엇이냐고 물었을 때 시인은 망설이지 않고 대답했다.

"하느님입니다!"

왕이 반문했다.

"그것은 나도 알고 있네. 내가 알고 싶은 것은 이 세상에서 가장 행복

---

2) 19세기 프랑스의 사제이자 역사학자.

한 사람이 누구냐 하는 것일세."

다시 시인이 대답했다.

"그야 간단하지요. 세상에서 가장 행복한 사람은 하느님을 닮으려고 최대한 노력하는 사람입니다. 다시 말해 덕 있는 사람입니다."

우리가 얘기하고자 하는 행복이란 경박한 즐거움이 아니라 참다운 기쁨이다. 기쁨은 즐거움을 배제하지 않는다. 하지만 즐거움은 기쁨이 아닐 수도 있다. 즐거움은 일시적인 것으로 외적인 요인이나 주변 여건에 따라 바뀌는 신기루일 수도 있다. 즐거움은 단순히 인생을 즐기는 것일 수도 있어서 오늘날에는 그 의미가 애매해진 말이다. 물론 기쁨은 육체와 분리해서 생각할 수 없다. 사람은 순수한 정신으로만 이루어진 존재가 아니기에 우리의 만족은 육체와 밀접한 것일 수밖에 없고, 그러기에 우리는 육체를 초월해서 천사처럼 살 수 없다. 하지만 기쁨은 언제나 정신적인 것이라고 할 수 있다. 기쁨은 인간이 노력을 통해 얻으려 하는 행복으로부터 나오는 것이요, 사물이 아니라 자신의 내면으로부터 솟아나오는 것이다.

인간은 기쁨을 목말라하지만 그 기쁨으로 인도해 주는 빛을 쉽게 찾아내지 못한다. 기쁨의 샘은 하느님이지만 기쁨의 샘을 알지 못하는 사람은 그 샘으로부터 기쁨을 길어올리지 못하는 것이다.

기쁨은 단순한 곳에 뿌리를 내린다. 그러기에 육체적으로나 정신적으로 그리고 경제적으로 뛰어난 사람들보다는 평범한 사람들이 기쁨 속에서 살아간다. 자만심으로 가득 찬 사람일수록 자유롭고 지혜롭고 낙천적으로 인생을 대하지 못할 가능성이 높은 것이다. 한마디로 우리의 기쁨은 인생에 임하는 태도와 자신의 인생관에 따라 결정되는 것이다.

기쁨이란 일반적으로 생각하는 것처럼 그렇게 단순한 것이 아니다. 도

덕적으로 깨끗한 양심이 없으면 진정한 기쁨은 존재하지 않는다. 경박하거나 피상적인 모습으로 비칠까 두려워하지 않고 웃음과 미소를 지을 줄 아는 사람만이 깊이 있는 사고에 도달할 수 있고 자신의 감정을 순화시킬 수 있다. 우리는 이미 단순한 코미디와 날카로운 풍자 사이에는 해학이라는 차이가 있음을 보았다. 웃음과 미소 뒤에는 기쁨이 존재하고, 웃음은 즐거움을, 미소는 기쁨을 낳는다는 것도 보았다. 그러나 즐거움과 기쁨은 같은 것이 아니라 둘 사이에는 미세한 차이가 있다. 기쁨과 즐거움 사이에는 희열이라는 차이가 가로놓여 있다. "주님 안에서 기뻐하십시오. 또다시 말하지만 기뻐하십시오"라고 사도 바오로는 말했다. 하지만 이것은 나사렛 예수께서 이미 "내 기쁨이 여러분 안에 있고, 여러분의 기쁨이 가득 차게 하려는 것입니다"라고 했던 그리스도인의 기쁨을 말한 것이다.

미소는 기쁨을 드러내는 것이요, 기쁨은 평온한 영혼을 드러내는 것이다. 하느님, 자신의 양심, 그리고 형제들과 평화로운 관계를 맺은 사람보다 더 평온하고 기쁜 사람은 없다. 따라서 성인(교회의 인정을 받았든 받지 않았든), 의로운 사람, 선한 사람, 마음이 깨끗한 사람, 평화를 위해 일하는 사람, 자비를 베푸는 사람은 모두 '행복한' 사람이요, 또한 뛰어난 유머의 소유자이다. '기다리는 덕'(망덕)이 그리스도인들에게 하나의 본분이듯이 기쁨 역시 하나의 '새 계명'인 것이다.

가장 최초의 그리고 영원불변의 해학가는 바로 하느님이다. 세상 누구도 그분만큼 완전하고 변함 없는 기쁨을 누리는 이는 없다. 인간의 마음속에서 일어나는 온갖 훌륭한 생각이든 미친 생각이든, 또는 겉으로 고상해 보이는 사람들의 마음속에서 일어나는 하찮은 일과 야망조차 모조리 알고 있는 하느님보다 더한 해학을 지니고 있을 사람은 없다. 하느님은 과연 얼마나 자주 우리들을 바라보며 미소를 지을 것인가! 인간이면서 하느님이신 예수의 유머 감각을 잘 표현해 낸 한 예로 미셸 콰스트의 〈기도〉를 인용해 보자.

하느님께서 말씀하신다.
나의 가장 아름다운 피조물은 나의 어머니.
내게 없는 유일한 것이기에 나는 어머니를 창조했다.
그것이 더욱 확실한 일이기에
어머니가 나를 만드시기 전에 내가 먼저 어머니를 만들었다.
그리하여 이제 나는 뭇 사람들과 똑같은 존재.
내게 없었던,
참된 어머니.
내게도 이제 어머니가 계시니
나 이제 인간을 부러워할 까닭이 없다.
하느님께서 말씀하신다.
나의 어머니는 마리아.
영혼이 깨끗하고 은총이 가득하신 분.
그분의 몸은 동정녀, 빛으로 감싸인 분.
그분의 모습과 목소리,
이 땅 위에 있는 동안 그분을 우러러
듣고 또 보고, 찬미하고 또 찬미해도
나는 결코 지치지 않았다.
하늘의 아름다움을 버리고 왔어도
천사들과 함께하는 즐거움을 알아도

나의 가장 아름다운 피조물은 나의 어머니

아름다운 어머니기에
그분 곁에서 나는 외롭지 않았다.
하느님께서 말씀하신다.
천사의 시중도 어머니의 품안은 따를 수 없다.

예수께서도 유머러스한 분이었음에 틀림없다. 복음서에는 예수께서 웃으셨다는 말이 한번도 나오지 않는다. 하지만 믿지 않을 수 없다. 그리고 믿지 않을 까닭도 없다. 눈물을 흘리실 만큼 완전한 인간이신 그분이 어찌 웃지 않을 수 있었을까? 천만 번 양보한다 해도 최소한 어릴 적에는 웃으셨으리라.

당연히 미소를 지으셨으리라. 어린아이들의 장난을 보고 미소지으셨을 것이고, 주변을 맴돌며 무례하게 구는 어린아이들을 보고 미소지으셨을 것이다. 무화과 나무에 기어오르는 자캐오(삭개오)를 보고 미소지으셨을 것이며, 용감하면서도 겁 많은 시몬이 물 위를 걸어 자신을 따르려는 모습을 보고 미소짓지 않을 수 없었을 것이다.

우리의 착한 마음과 기쁨을 드러내는 미소는 참다운 그리스도인의 사랑을 드러내는 것이요, 하느님을 증거하는 좋은 수단이 될 수 있다. 하느님은 기쁨이요 한없는 행복이시니, 그분 안에서 살고 그분을 위해 사는 것이 행복해지는 비결이라는 것을 보여주는 좋은 수단이 된다.

다윗의 돌팔매

웃음과 미소… 의미 없는 것처럼 생각되었지만 웃음과 미소는 참으로 중요한 것이다. 예나 지금이나 웃음과 미소를 쉬운 일로 생각하는 사람들이 있지만, 그것은 누구나 할 수 있는 일이 아니다. 하지만 성인들은 그런 능력을 가지고 있었다. 하느님의 원의에 오로지 의탁하고 살았기에, 하느님과 가까이 그리고 하느님과 함께하고 있다는 믿음이 있었기에 그들은 '미소를 머금은 채' 살 줄 알았다. 살짝 긁지만 다치게 하지 않고, 조금쯤 놀리긴 하지만 절망에 빠지게 하지 않는 유머를 위해서는 예민한 영혼과 선한 마음과 큰 사랑이 있어야 한다. 그러기에 밝은 미소를 짓기 위해서는 '의인'이 되어야 한다.

진정한 기쁨은 그리스도인다운 삶이라는 토양에서만 자라난다. 기쁨이 솟아날 수 있는 그리스도인다운 삶이란 밀도 있으면서도 묘미와 신비가 담겨 있고 쓸데없는 걱정과 강박관념으로부터 자유로운 삶이다. 그리하여 삶을 얼어붙게 하지도 않고 자유로운 날갯짓을 막지도 않을 뿐더러 우울한 슬픔으로부터도 자유로운 삶이다. '웃음을 터뜨릴 줄 알고 선한 일을 행하는' 사람보다 더 친밀하고 조화로운 사람은 없다. 경쾌한 유머는 행동을 자유롭게 할 뿐만 아니라 생각도 더욱 자유롭게 만들어준다. 다른 사람을 향해 자신을 개방하는 마법의 열쇠인 것이다.

아시시의 가난뱅이 프란체스코 성인[3]은 슬픔을 '사탄의 병'이라고 정의했다. 사탄은 하느님을 잃었고 영원히 하느님에게 다가갈 수 없기에 슬픈 얼굴을 하는 데 필요충분한 조건을 모두 갖춘 존재이다. 하지만 하느님의 은총 안에 머무르는 영혼은 그와 정반대이다. 그러기에 어느 날 자신의 영적 지도 신부에게 명백하게 고백한 한 처녀야말로 이러한 사

---

3) 프란체스코(1182~1226) : 이탈리아 아시시의 부유한 가정에서 태어나 안락한 삶을 버리고 젊은 나이에 청빈한 생활을 시작함으로써 프란체스코회의 효시가 된 '작은 형제회'를 창설하였다. 가톨릭 교회에서 성인으로 선포된 프란체스코 성인은 역사상 그리스도와 가장 가까운 삶을 산 사람으로 평가받는데, 가난한 삶, 자연을 향한 사랑, 겸손으로 오늘날까지 많은 사람을 감화시키고 있다.

실을 잘 깨달은 사람이라고 할 수 있다.

"신부님, 고백신부에게 항상 새로운 고백거리를 찾아낼 만큼 지나치게 소심한 신자들은 아주 중요한 사실을 잊고 있는 것 같아요. 그 사람들은 무엇보다도 이런 고백을 해야 하지 않을까요? '저는 열성적이고 경건한 신자입니다. 하지만 지나치게 엄격한 탓에 언제나 찡그린 얼굴을 하고 다닌 데다가 사교적이지 못한 탓에 비신자들에게 우리의 종교가 무겁고 성가시고 괴롭고 슬픈 종교일 뿐만 아니라 인간적이지 못한 종교라는 인상을 주었습니다. 따라서 많은 사람들을 교회와 주님으로부터 멀어지게 했습니다. 제 그릇된 모범으로 사람들이 주님을 따라 사는 것이 즐겁고 아름다운 일이라는 것을 깨우쳐주었어야 했는데 그러지 못했습니다' 라구요."

처녀는 이렇게 결론을 맺었다.

"신부님, 어째서 미소를 짓지 않거나 기쁜 생활을 하지 않는 것이 죄가 되지 않는지요?"

오랜 세월 교회는 인간에게서 삶의 기쁨과 즐거움을 앗아갔다는 비판을 받아왔다. 하지만 이런 비판은 옳지 않다. 얼마나 많은 사람들이, 아니 대부분의 신자들이 기쁨의 가치와 효용을 경험하고 또 실천하고 있는가? 한 예로 실제 생활에서 경험한 에피소드들로 자신의 설교를 아름답게 장식함으로써 장황하고 딱딱한 설교보다 많은 효과를 얻고 있는 본당 신부들이 얼마나 많은가!

얼마 전까지만 해도 독일 사육제에서는 '익살꾼'을 뽑는 행사가 있었다. 1962년 퀼른에서는 도미니크회의 로코 스피커라는 신부가 익살꾼의 영예를 안았다. 이 신부는 퀼른 대성당에서 그리 멀지 않은 자신의 본당에서의 익살스런 설교로 독일 전역에 널리 알려진 사람이었다. 영예의 수상 연설에서 로코 스피커 신부는 유머의 가치에 대해 말하면서 농담은 "그 자체로서 다윗의 돌팔매 같은 일면을 지니고 있기 때문에" 역사적으로 독재와 전제주의에 대항하는 최후의 수단이요, 가장 효과적인 수단이었다는 것을 상기시키고 있다.

사랑과 용서, 평화로운 낙천주의에 매료되어 가톨릭으로 개종했던 영국의 저술가 체스터톤은 역설적이지만 솔직하게 "나는 기쁨의 세계로 개종했다"고 고백했다. 청교도적인 엄격함과 사람과 사물 등 세상 모든 것을 좋은 것과 나쁜 것으로 엄격하게 구분하는 마니교적인 관점으로부터 해방되어, 인간의 영혼과 인생이 많은 뉘앙스가 있는 것임을 깨닫게 되었다는 사실을 고백한 것이다. 이러한 진리는 박식한 사람, 아니 평범한 사람만이 깨달을 수 있는 진리요, 무감각하거나 적당히 넘어가려는 사람들은 깨닫지 못하는 것이다.

성인들의 해학

성인들의 해학은 누구를 공격하기 위한 것도 아니고, 바보 같은 언동으로 사람들을 웃기기 위한 것도 아니다. 성인들의 유머는 말로써 이루어내는 예술의 경지요, 흘러가는 현실 속에서 궁금하고 재미있는 요소들을 끄집어낼 줄 아는 능력이다. 그러기에 입가에 미소를 떠오르게 하고 마음속에 가벼운 여운을 남긴다. 하지만 가벼운 여운이라 해서 무익하거나 쓸모 없는 것이 아니다. 웃음짓게 만드는 말이기는 하지만 생각하게 만드는 것이요, 후세인들의 기억 속에서 되살아나는 가벼움이다.

성인들은 진정 '웃음의 스승'이요, 웃음으로 원기를 북돋아주는 사람들이다. 한마디로 비논리적인 논리가들이다. 세상을 거꾸로 보고 즐기는 사람들이요, 취향과 관습을 재발견하고 영원히 사라지지 않는 방식을 제시하는 사람들이다. 세상이 알지 못하는 방식을. 성인들은 세상을 장밋빛으로 바라보기를 좋아하는 사람들이요, 무미건조한 것을 무지개빛으로 채색하고 회색을 순백의 아름다움으로 채색하기를 즐기는 사람들이다. 성인들의 해학은 그들만이 실현할 수 있는 조화와 균형의 놀이이다.

그러므로 이 책에서 소개하는 것은 성인들이 남긴 농담이 아니라, 그분들이 남긴 정겹고 의미 있는 일화들이다. 쾌활하지만 때로는 도전적이고, 기발하고 영악하지만 때로는 짭짤하고 매서운 이야기들이다. 상황을 지어내거나 만들어낸 이야기들이 아니라, 일상의 삶을 관찰하고 인간 영혼의 깊은 곳을 성찰한 그분들이 여러 상황에서 돌발적으로 뱉어낸 말들이다. 그분들의 해학을 되새기면서 우리는 그분들이 맛본 기쁨, '완전한 즐거움'을 맛볼 수 있을 것이다. 이는 성인들만이 만들어낼 수 있는 성인들의 특산물이요, 〈성 프란체스코의 잔꽃송이〉에 담겨 있는 내용처럼 프란체스코 성인 같은 분들만이 경험할 수 있는 일화들이다.

믿음

성인들의 면모는 하느님과의 관계, 은총이나 신비를 받아들이는 자세, 결점과 덕행 등에서 잘 나타난다. 영혼의 암흑과 동요가 닥쳐올 때 성인들은 자신은 물론 다른 사람들에게도 매서운 채찍질을 가한다. 이런 면모는 영성적으로 절정에 이르렀을 때 가장 잘 나타나는데, 이때 성인들은 입가에 웃음이 돌게 하는 유머를 구사한다. 토마스 아퀴나스는 "성인들은 투명한 마음을 가지고 있다"고 기록하고 있다. "성인들은 영웅적인 덕행뿐 아니라 탄력적인 영혼, 행동과 감정의 유연성, 자유로운 정신을 지닌 사람"이라는 프란체스코 몰리나리의 말도 같은 뜻이었으니, 성인들은 천부적인 유머의 소유자들인 것이다.

'교황님의 근위병'이라 불리는 예수회의 창설자이자 엄격하기로 이름난 이냐시오 로욜라 성인은 언젠가 한 수련자에게 이렇게 말했다고 한다. "웃는 모습을 보니, 당신 성소를 확신할 수 있어 기쁩니다." 이냐시오 성인 역시 얼굴에 피어나는 웃음이 하느님의 부르심을 보여주는 증거로 생각했음을 알 수 있다. 이냐시오 성인과 같은 시대 사람으로 카르멜회를 개혁하였고, 역시 엄격한 수도원 생활로 유명한 아빌라의 성녀 테레사도 이렇게 기도했다.

"오, 주님. 저를 어리석은 신심과 시무룩한 표정의 성인들로부터 자유롭게 해 주소서."

테레사 성녀는 엄격한 수도 생활에도 불구하고 명랑하기 이를 데 없었는데, 그녀의 재치에 찬 말과 사람을 즐겁게 하는 행동은 널리 알려진 일이다. 수녀들은 실제로 오락 시간이 되면 성녀에게 함께 참가하기를 간청하곤 했고, 심지어 그분으로부터 예리하지만 애정 어린 꾸중을 듣는 일까지 기꺼워했던 것이다.

터무니없다구요?

로마의 콘스탄티누스 황제가 삼위일체의 신비에 대해 알고 싶어 성 실베스테르 교황께 물었다. 성 실베스테르 교황은 당시 가장 지혜로운 사람이라고 알려진 분이었다. 하지만 예상과는 달리 교황은 난해한 말로 설명하지 않았다. '세 겹의 주름'이라는 어린아이에게나 어울릴 법한 방법으로 신비를 보여주었던 것이다. 입고 있던 망토에 여기저기 세 겹의 주름을 잡으며 말했다.

"보시오. 첫번째 주름도 천이요, 두 번째 주름도 천이요, 여기 세 번째 주름도 같은 천이 아니오? 주름은 세 개지만 모두 하나의 천이 아니오? 하느님이 한 분이면서 동시에 삼위라는 것은 이와 같은 이치라오. 그러니 어찌 터무니없는 일이라 하겠소?"

파트리치오 성인은 아일랜드의 시골 사람들에게 세잎 클로버로 신비를 설명했다. 한 줄기에서 나온 세 잎이지만 하나의 클로버이듯 삼위일체도 마찬가지라는 것이다.

벽더러 들으라고 하는 설교가 아닙니다

단 한 번의 유머만으로도 큰 가르침을 줄 수 있다.

이집트 알렉산드리아의 교부 성 요한(560~616)은 주교품에 오르기 전에 한 가정의 아버지였다. 부인을 사별하고 자식들도 장성하자 가난한 사람들을 위해 자신의 삶을 바친다. 가난한 사람들이 자존심이 상하지 않도록 온갖 방법을 짜내어 그들을 위한 삶을 살았다. 하지만 이상하게도 주면 줄수록 그는 점점 부자가 되었고, 그리하여 알렉산드리아에서는 "끊임없이 보물이 솟아나는 요한의 자루"라는 말까지 생겨나게 되었다. 한없이 베푸는 크나큰 사랑으로 그는 마침내 '자선가 요한'이라는 이름으로 불리게 되었다. 주교가 된 뒤에도 단순하고 독특한 그의 면모는 바뀌지 않았다.

그는 어느 날 설교를 듣지 않으려고 복음 낭독이 끝나자마자 성당을 나가는 신자들을 보고 미사를 중단한 채 제대에서 내려와 성당 문지방에 서서 외쳤다.

"미사와 설교는 신자들을 위한 것이지 벽더러 들으라고 하는 것이 아닙니다."

그분의 의도가 큰 교훈을 준 것은 말할 필요도 없다.

하느님을 향해 마음을 모음

몇 세기 건너뛰어 피렌체로 가보자. 도시 안에 있는 어떤 성당에 저 유명한 《신곡》을 쓴 단테가 있다. 단테는 콧대가 높고 화를 잘 내는 성격으로 정평이 나 있긴 하지만 신심이 깊고 경건한 사람이었다. 그런데 바로 그날 미사의 성찬 기도 때 단테가 무릎도 꿇지 않고 모자도 벗지 않은 모습이 사람들 눈에 띄었다. 주교가 주의를 주려고 그에게 사람을 보냈다. 하지만 단테는 점잖게 한마디했다.

"얼마나 마음을 모으고 있었던지 저는 그때 무릎을 꿇었는지 꿇지 않았는지도 잘 모르겠습니다."

하지만 그렇게 끝냈으면 전혀 단테답지 않은 일이었으리라.

"주교님께 고자질한 사람들이 저를 알아본 것을 보면 그들은 기도하면서 마음을 다른 데 두고 있었나 보지요?"

과연 단테다운 대답이 아닐까.

황제가 재물을 뿌린다면…

재산과 명예를 버리고 아시시의 가난뱅이 성인을 따르기로 한 에지디오는 가장 열성적인 프란체스코회 수사가 되었는데, 이탈리아와 스페인의 거리는 물론 예루살렘 성지까지 다니며 열렬하게 하느님의 말씀을 전했다. 단 한마디 말로 사람들을 일깨워주거나 상황을 반전시키는 재치로 훌륭한 사도가 되었다. 어느 날 두 추기경이 에지디오 수사에게 기도를 부탁했는데, 그때 그는 이렇게 대답했다.[1]

"추기경님들께서 제 기도가 왜 필요하신가요? 두 분께서는 저보다 신앙심도 깊으시고 하늘나라에서 받을 상도 크지 않은가요? 왜 놀라시는 거지요? 이 세상에서 재산과 명예와 행운을 함께 받으신 두 분께서는 구원받을 희망을 가지고 계시지만, 이처럼 힘든 삶을 살아야 하는 저는

---

1) 당시만 해도 추기경이 반드시 주교품을 받은 것은 아니었다.

지옥에 떨어질까 두려울 뿐입니다."

기도를 부탁하는 또 다른 부자에게 에지디오 수사는 이렇게 대답했다.

"황제께서 페루지아 거리에 재물을 뿌린다면 당신은 사람을 보내 그 재물을 거둘 사람이 아니오?"

동물에게까지 하느님에 대해 설교하던 프란체스코 성인을 따르기 위해 온 일생을 바쳤던 사람답게 그는 그렇게밖에 말할 줄 몰랐던 것이다.

새들을 위한 설교

프란체스코 수사는 테르니의 알비아노 광장에서 설교를 하고 있었는데, 사람들은 그의 말을 넋을 잃고 듣고 있었다. 때는 봄이었고, 하늘에는 제비들로 가득했다. 이리저리 쏜살같이 날아다니며 시끄럽게 지저귀는 바람에 설교에 방해가 될 정도였다. 프란체스코 성인은 잠시 제비집이 있는 성당의 종탑을 바라보며 한마디했다.

"오, 제비 자매들아. 실컷 떠들었으니 이젠 좀 조용히 하려무나. 나도 말 좀 해야겠구나."

또 다른 어느 날, 스폴레티노 지방의 칸나라와 베반냐 사이에 있는 들판을 지날 때였다. 나무 위에서 참새며, 박새, 종다리, 울새… 온갖 새들이 날개를 퍼덕이며 지저귀는 소리가 요란했다. 프란체스코 성인은 걸음을 멈추고 얼굴에 웃음을 머금더니 일행에게 말했다.

"잠깐 여기서 기다리게. 내 가서 하늘의 자매들과 몇 마디 나누고 오겠네."

말을 마친 성인은 들판으로 들어가 가까이 있는 새들에게 말을 걸기 시작했다. 그러자 눈 깜짝할 사이에 수많은 새들이 몰려와 모두 알아듣는 것처럼 설교를 듣기 시작했다.

"나의 자매인 새들이여. 하느님께서는 길쌈을 할 줄 모르는 너희에게 깃털을 옷으로 주시고, 씨를 뿌릴 줄 모르는 너희에게 먹을 것을 넉넉히 주신다. 보금자리로 삼도록 나무를 주시고, 노래를 부르도록 아름다운 목소리를 주시고, 하늘을 날라고 날개를 주시니 너희는 하느님께 감사드려야 한다. 우리 주님께서는 너희를 무던히도 사랑하시어 많은 선물을 주신다. 그러니 은혜를 몰라보는 죄를 짓지 말고 언제나 주님을 찬미하여라."

설교가 끝나자 새들은 머리와 꼬리를 끄덕이며 잘 알았다고 성인께 대답했다. 성인께서 축복할 때까지 한 마리도 자리를 뜨지 않다가 축복이 끝나자 날갯짓과 지저귐으로 푸른 벌판과 하늘을 진동케 했다. 주님께 드리는 새들의 기도요 찬미였다.

아기 예수도 유머를 좋아하신다

아시시의 성 프란체스코의 첫 제자 중 하나인 귀족 페르난도는 1195년 리스본에서 태어나 1231년 서른 여섯의 나이로 파도바에서 하늘나라로 떠났다. 파도바의 성 안토니오라고 불리게 된 것은 그런 까닭이었다. 성인은 하늘로 떠난 바로 그해 교황 그레고리오 9세에 의해 성인품에 올랐는데, 교황님은 그분의 뛰어난 학식을 기려 '성서의 방주'라고 명명하였다.

안토니오 성인은 훌륭한 설교로 많은 사람들을 감복시켰는데, 용감한 성인은 잔학하기로 이름 높은 로마노의 에젤리노도 두려워하지 않았다. 가난한 사람들을 괴롭히는 그를 공공연히 꾸짖으면서 "기도하는 사람에게는 두려움이 없다"고 말하곤 했다.

언젠가 토소라는 사람이 캄포삼피에로에 있는 작은 집을 안토니오 성인에게 내어준 적이 있었는데, 이 사람은 성인이 어떻게 기도를 드리는지 몹시 궁금했다. 그래서 안토니오 성인이 묵고 있던 방을 열쇠 구멍으로 들여다보게 되었는데, 젊은 안토니오가 아기 예수와 즐겁게 놀이하고 있었다. 더욱 놀라운 것은 황홀한 기쁨에 빠져 즐겁게 놀이하는 안토니오 성인에게 아기 예수가 한 말이었다.

"안토니오 수사님, 조심해요. 토소 백작이 열쇠 구멍으로 우리를 보고 있어요!"

주님이 이끄시는 쟁기

1110년에 마드리드에서 태어나 1170년에 죽은 이시도로 성인은 주인 밑에서 일하는 가난한 농부였다. 성인은 아침마다 일터로 나가기 전에 성당에 가서 열심히 기도를 드리곤 했다. 하지만 동료들은 남다른 신심을 가진 그를 놀리기 일쑤였는데, 게으르고 정직하지 못했던 이들이 어느 날 주인에게 이시도로 성인이 일은 열심히 하지 않고 교회에서 시간을 허비한다고 모함했다. 화가 난 주인은 이시도로를 불러 시간은 귀하다느니, 품삯을 받으며 일을 게을리해서는 안 된다느니, 기도보다는 일이 더 중요하다느니 꾸중을 늘어놓았다. 이시도로 성인은 눈도 끔쩍 않고 대답했다.

"주인님, 지금 하신 말씀은 모두 옳은 말입니다. 하지만 기도를 하는 것은 결코 시간 낭비가 아닙니다. 기도를 하는 사람은 하느님께 도움을 청하기 때문에 일도 더 잘할 수 있으니까요. 하느님이 이끄시는 쟁기는 훨씬 깊고 곧은 이랑을 팔 수 있지요."

주인은 보잘것없는 농부의 말에 아무 말도 할 수 없었다. 잘 감시하리라 다짐할 뿐이었다. 그리고 다음날 아침 일찍 밭에 나갔는데 눈이 동그래지고 말았다. 다른 농부들은 모두 얼굴을 찡그린 채 빈둥거리고 있었는데, 이시도로가 맡은 밭은 이미 깊은 이랑으로 잘 갈아져 있지 않은가. 다른 사람과 똑같이 아니 훨씬 더 열심히 일한 이시도로의 입가에는 평화로운 기도가 흐르고 있었다. 이시도로는 가장 보잘것없는 사람이면서도 참다운 기도를 할 줄 알았기에 당대의 가장 위대한 성인인 이냐시오 로욜라,[2] 프란체스코 사베리오,[3] 아빌라의 테레사[4]와 함께 1622년 교황 그레고리오 15세에 의해 성인품에 오르게 되었다.

가장 안전한 보호

1227년 로카세카 성에서 태어나 1274년에 죽은 토마스[5]는 아퀴노의 유력한 귀족 가문에서 겨우 아홉 살에 몬테카시노의 수도원에 맡겨져

---

2) 이냐시오 로욜라(1515~1582) : 스페인의 귀족 로욜라 가문 출신으로 군인이었으나 회개한 후 교육수도회인 예수회를 창설하였다. 우리나라의 서강대학교도 예수회에서 설립, 운영하는 학교이다.
3) 프란체스코 사베리오(1506~1552) : 스페인의 예수회 회원으로 인도에서 활동하였고 일본에 최초로 그리스도교를 전파하였다.
4) 아빌라의 테레사(1515~1582) : 맨발의 카르멜회를 창설한 사람으로 20년 동안 전 스페인을 돌며 17개의 남녀 수도회를 창설하였다. 수도 생활과 수도원의 개혁을 위해 공헌하였고, 신비 체험과 영성에 관한 서적도 여러 권 남겼다. 1622년 성녀로 시성되었고, 1970년에는 교회박사로 선포되었다.
5) 토마스 아퀴나스(1125~1174) : 유명한 철학자이자 신학자로서 당시까지의 신학을 집대성한 《신학대전》의 저자.

교육을 받았다. 수도원에서 자란 토마스 아퀴나스는 어릴 적부터 성모님과 예수 성체에 깊은 신심을 보였다.

천둥과 번개가 치던 어느 날 밤이었다. 어린 토마스가 보이지 않자, 토마스를 돌보던 수사가 온 수도원을 다 뒤졌지만 어느 곳에서도 어린 토마스의 모습은 보이지 않았다. 하지만 행여나 하고 들어간 성당에서 감실에 매달려 있는 소년을 발견하게 되었다.

"토마스, 도대체 무슨 일이냐? 왜 이곳에 있는 거지?"

"수사님, 죄송해요. 하지만 천둥과 번개가 너무 무서웠어요. 그런데 수사님께서 예수님이 가장 안전한 보호자라고 말씀하셨잖아요? 예수님은 손가락 하나만으로도 무서운 폭풍을 멈출 수 있다구요…"

수사는 웃음을 터뜨렸지만, 토마스는 어른이 되어 도미니크회의 사제가 된 뒤에도 감실로부터 무한한 영감을 받아 저 불멸의 성체 찬가를 길어올리곤 했다.

특별한 주의 기도

아랍의 격언 중에 이런 것이 있다.

"건강은 1, 부와 성공과 명성은 모두 0이다. 그러나 이 0들 앞에 건강의 1을 놓으면 숫자는 엄청나게 늘어난다"

즐거움의 첫번째 적은 병이다. 그러나 성인들은 짧은 고난 뒤에 하늘나라의 끝없는 기쁨이 있다는 것을 알기에 육체와 정신이 괴로울 때에도 명랑하다. 양심이 자유롭고 투명한 사람은 토머스 모어처럼 기도할 줄 안다. 그러나 영국의 위대한 재상 토머스 모어는 견고한 정직성과 강인한 성격으로 헨리 8세의 희생자가 되고 만다.

인생의 여러 가지 장애를 경험한 그였기에 '해학이 깃든 주의 기도'를 쓸 수 있었으리라.

"주여, 제게 튼튼한 위장을 주시고, 그 위장을 채울 수 있는 것 또한 허락해 주소서. 육체의 건강을 주시고 그 건강을 유지할 수 있는 건강한 정신을 주소서. 권태와 불평과 한숨을 모르는 영혼을 주시고, 자아라는 참견꾼 때문에 괴로워하지 않게 하소서. 어리석음을 알아보는 능력을 주시고 농담을 알아듣는 능력을 주시어 내 삶에 약간의 기쁨을 허락하시고 그 기쁨에 다른 사람을 참여케 하소서. 아멘."

어떤 성인의 유쾌한 장난기

'착한 피포 아저씨'라는 별명으로 통하던 필립보 네리 성인은 1515년 피렌체에서 태어났다. 성인은 피렌체 출신이지만 로마에서 '오라토리오 사제회'를 창립한 인연으로 '로마의 사도'로 불리는데 청소년 교육과 성음악에 남다른 기여를 하고 1595년 로마에서 선종(善終)한다. 베네데토 크로체처럼 교회에 반대하는 역사가들이 반종교개혁을 일컬어 "마녀와 이단자 사냥이요, 인간적인 면모를 찾아볼 수 없는 것"이었다고 단정했지만, 그것은 단연코 필립보 네리 성인을 몰랐기 때문에 한 말이었다.

'착한 피포 아저씨'는 과연 아이디어가 넘치는 사람이었다. 사람들이 자신의 성덕을 알아채는 것을 바라지 않았기 때문에 타오르는 열정을 가라앉히기 위해 미사 전에 무익한 물건으로 정신을 분산시키기도 했다. 그분의 유머는 자신의 한없는 심신을 변장하려는 목적을 가지고 있었다. 자신의 외형적인 결점과 남다른 언동에 관심을 끌게 하는 것 따위였다. 장난을 무한정 좋아하고, 선입관을 뒤집거나 교만한 사람들을 혼란시키려는 끝없는 취향은 어렸을 적부터 가지고 있었던 것으로 알려져 있다.

언젠가 많은 신자들이 영성체를 하자마자 주님께 감사 기도를 드리지도 않고 성당을 나서는 것을 본 필립보 네리 성인은 복사[6] 두 사람에게 촛불을 들고 그 성미 급한 신자를 바래다주라고 시켰다. 그들 중 한 사람이 왜 그러느냐고 묻자 성인은 이렇게 대답했다.

"그거야 방금 당신이 모신 거룩하신 분을 모셔다드리라는 뜻입니다. 그리고 당신 대신 그분께 감사를 드리고 찬미하라고 그렇게 한 겁니다."

그것 봐라, 머리를 밟히고 말았지!

사람들은 저마다 자기 개성대로 기도를 드린다. 어떤 신심을 지녔는가에 따라 기도의 방식도 바뀐다. 어떤 교향곡이든 하나의 '라이트 모티프'가 곡 전면을 흐르며 곡에 특정한 맛을 주는 것과 마찬가지이다. 1700년대 후반의 프랑스 사제인 샤미나드는 성모에 대한 신심이 매우 깊은 사람이었다. 아흔이 넘는 나이에 눈까지 보이지 않게 되었을 때 그는 젊은 수련자의 손을 잡고 길모퉁이에 있는 원죄 없으신 성모님 상 앞에 가 성모상 발 아래에 있는 뱀의 머리에 손을 얹고 웃음을 지으며 말하곤 했다.

"그것 봐라. 머리를 밟히고 말았지! 성모님이 네 머리를 짓밟으셨단 말이다. 앞으로도 언제나 그렇게 하고 계실걸!"

그러고는 성모님께 드리는 기도에 빠져들곤 했다.

---

6) 복사 : 가톨릭 교회의 공동 의식인 전례를 집전하는 사제의 좌우에서 시중드는 사람.

믿음과 신뢰

믿음과 신뢰에 관한 최고의 기쁨은 마니피캇[1]에서 발견할 수 있다. 성모님이 부른 노래를 부르려면 믿음과 신뢰가 있어야 하는데, 그런 일은 언제나 단순한 사람만 할 수 있다. 나이 많은 한 인디언은 나이를 묻는 말에 늘 여섯 살이라고 대답했다. "아니 도대체 무슨 말이오? 어른께서는 벌써 세 번씩이나 전쟁에 나갔는데 어린아이 나이를 대다니요?" 늙은 인디언은 선교사를 보며 대꾸했다. "세례를 받은 다음부터 내 삶이 시작되었다고 가르쳐주시지 않았소?"

---

1) 마니피캇 : 동정녀 마리아가 천사로부터 예수의 잉태를 예고받고 사촌인 엘리사벳을 찾아가 부른 노래. 그리스도교의 가장 아름다운 신앙 고백이자 찬미가이다.

한 사람의 영혼은 많은 청중과 다를 바 없습니다

라코데르 신부는 우리 시대의 가장 뛰어난 설교가로 알려진 분이다. 언젠가 젊은 부고 신부가 그의 훌륭한 설교를 듣고 나서 감탄하며 단 몇 분이라도 이야기를 나누고 싶다고 고백했다. 프랑스인 신부는 부고 신부에게 대답했다.

"한 사람의 영혼은 많은 청중과 같습니다. 저는 수많은 사람의 박수갈채보다도 단 한 사람의 영혼을 더 소중하게 생각합니다."

우리는 부활하게 될 거니까요, 대단한 일이 아닌가요!

조르조 라 피라[2]는 설명이 필요 없는 사람이다. 하루도 빠짐없이 미사와 영성체와 묵상을 한 사람이요, 진정으로 프란체스코 성인의 제자다운 삶을 산 사람이었다. 외형적으로 드러난 일에 넓은 안목으로 사는 사람이었기에 라 피라는 언제나 웃는 얼굴이었고, 정치적으로 어려운 시기에도 그의 영성은 언제나 부활의 신비에 고정되어 있었다. 여러 가지 어려움이 있음에도 불구하고 언제나 평온을 유지하며 웃음을 잃지 않는 비결에 대해 질문을 받았을 때 그는 대답했다.

"우리는 그리스도처럼 부활할 겁니다. 대단한 일이 아닌가요! 어떻게 슬플 수 있겠습니까?"

---

2) 조르조 라 피라 : 이탈리아 정치가. 국회의원과 피렌체 시장을 지낸 사람이다. 프란체스코 제삼회원으로 수도원에 기거하며 청빈한 삶을 살았고, 정치에서도 신앙에 바탕을 둔 자신의 이상을 실현하려 노력했다.

주고받기 게임

하느님과 주고받기 게임을 한 주세페 코톨렝고 성인의 이야기는 자신의 믿음과 하느님의 많은 기적을 맞바꾼 좋은 예이다. 그분은 언제나 이렇게 말하곤 했다.

"세상은 참으로 가난합니다. 하지만 하느님의 섭리는 그에 비해 무척 큽니다."

코톨렝고 성인은 때때로 하느님의 섭리에 도전하는 것처럼 보일 정도였다. 어느 날 시중 드는 사람이 질문했다.

"신부님, 왜 집을 나가실 때 문을 잠그지 않으시지요?"

성인이 대꾸했다.

"무슨 열쇠를 말이오? 열쇠는 주인이 지니는 법인데 이 집 주인은 내가 아니라 거룩한 섭리이시란 말입니다."

코톨렝고 성인에 관한 일화는 무수히 많다. 어느 날 식당 책임자인 도메니카 과스코네가 성인에게 하소연했다.

"신부님, 집에 남아 있는 것이 아무것도 없어요. 이십 프랑짜리 금화 한 닢이 전부예요."

"금화라구요! 어디 좀 보여주시겠어요?"

금화를 받아든 코톨렝고 성인이 말했다.

"자 이제 어떻게 하는지 보세요!"

말을 마치기도 전에 성인은 금화를 창 밖으로 던져버렸고, 그 모습을 본 여자는 말문을 잃고 말았다.

"아니, 신부님. 돈을 버리시다니요!"

"걱정 마세요. 이제 멋진 게임을 보게 될 테니까요… 왜 창문으로 버

주고받기 게임

렸느냐구요? 이제 잠시 뒤면 문으로 되돌아올 겁니다."

아닌게아니라 점심 때가 되기 전에 어떤 신사가 말없이 들어와 탁자에 돈이 가득 든 가방을 내려놓았다.

하느님은 우리의 아빠!

복자 루이지 관넬라는 남을 돕는 일에 거인이었다. 어린 시절부터 산을 옮길 만한 믿음과 터질 듯한 이상(理想)이 있었던 그는 소외된 사람들과 힘없는 사람들, 장애자들을 위해 일생을 바쳤다. 아무것도 없이 시작했지만 그의 사업은 코모에서부터 온 세계로 널리 퍼져갔다. '빵과 천국', 그리고 어머니처럼 너그러운 하느님이라는 의미를 지닌 '하느님은 아빠'라는 좌우명으로 그는 인간의 육체와 정신을 드높인 복음화의 선구자가 되었다. 그의 비결은 오로지 하느님의 섭리를 믿고 의지하는 것이었다. 하지만 그의 활동이 얼마나 활발했던지, 절친한 사이인 비오 10세 교황께서 어느 날 그에게 그처럼 복잡한 일도 많고 빚도 많은데 어찌 그리 어린아이처럼 편히 잠을 이룰 수 있느냐고 물었다.

"교황 성하, 저는 매일 자정까지만 생각하려고 합니다. 그 다음에는 하느님께 대신 생각해 주십사고 맡기지요."

벽돌보다는 성모송을…

관넬라 신부는 말하곤 했다.

"저는 회계를 할 필요가 없다고 생각합니다. 마치 섭리의 손길을 묶어 버리는 것 같으니까요. 하지만 모든 일에 항상 경제를 생각해야지요. 저는 무슨 일을 할 때 재단사들처럼 합니다. 재고 또 잰 다음 자르는 겁니다."

관넬라 신부는 사제들과 수녀들에게 되풀이했다.

"우리 수도원은 벽돌보다는 성모송으로 이루어진 것입니다."

아닌게아니라 하느님의 섭리는 그의 기대를 저버리지 않았다. 식탁에 빵만 차려놓았을 때 빵과 함께 먹을 수 있는 음식을 가져오는 사람도 있었고, 수프밖에 없을 때 누군가 빵을 가져다주기도 했다. 돈이 단 한 푼도 없는데 마지막 순간에 많은 돈이 들어오는 일도 있었다. 언젠가 복자 루이지 관넬라는 주교님에게 이렇게 말한 적이 있었다.

"주교님, '섭리의 집'에 성당이 하나 필요합니다."

"좋아요, 좋아요. 어떤 성당을 짓기를 바랍니까?"

관넬라 신부는 농담 반 진담 반으로 대답했다.

"아주 커다란 성당이면 좋겠습니다."

그러자 페라리 주교 역시 반농담으로 대답했다.

"좋아요. 하지만 돈은 어떻게 마련하지요?"

루이지 관넬라 신부는 이번에도 망설이지 않고 눈앞에 큰 성당이 보이는 듯 대답했다.

"주교님, 그것은 주님께서 알아서 할 겁니다."

그러고는 주교님께 '섭리의 집'을 방문해 달라고 초대한다. 초대에 응한 주교가 방문해 보니 그곳에는 가난하고 늙고 온갖 고통에 찌든 남녀노소로 가득했다. 주교님은 관넬라 신부가 말한 '커다란 성당'의 의미를 그때서야 알 수 있었다. 하느님과 형제들을 향한 사랑의 크기를 의미한다는 것을. 결국 주교님은 단 한푼 없이 온갖 고통과 은총에 익숙한 관넬라 신부가 바라던 것보다 훨씬 더 큰 성당을 허락해 주었다.

성당을 지을 땅으로 관넬라 신부를 데려간 주교님은 걸음으로 표시를 하라고 하면서 걸음이 멈추는 곳까지 모두 주겠다고 약속했다. 신부는 걸음을 옮기다가 자꾸 멈추었지만, 그때마다 주교님은 "관넬라 신부님, 조금 더! 조금만 더!" 하고 외쳤다. 열정에 넘치는 신부는 순명으로 발을 옮겼고, "그만!" 하는 음성이 들리는 순간 그 엄청난 넓이가 믿기지 않을 지경이었다. 그렇게 하여 복자 관넬라 신부가 가난한 사람들을 위해 짓게 될 성당은 엄청난 크기의 성당이 될 수 있었다.

주님께서 학위를 인정해 주실 것입니다

단순하면서도 거친 비오 신부는 어린아이 같은 마음의 소유자였는데, 그의 유일한 안전판은 하느님의 섭리였다. 사람들이 병자들을 위해 지은 '고통의 집'(이 집은 1947년에 짓기 시작한 건물로 거대한 건물이다)이 지나치게 사치스럽다고 말하자 그분은 이렇게 대답했다.

"고통받는 사람들에게는 어떤 것도 지나치지 않습니다."

오로지 하느님에게 의지하는 사람이었기에 하느님의 너그러운 선물과 창의력에 어떻게 한계가 있겠느냐는 뜻으로 한 말이었다.

'고통의 집' 설계는 안젤로 루피라는 아브루초의 어떤 기업가가 맡게 되었는데, 그는 비오 신부에게 헌신적인 사람이었다. 이 사람은 건축사 자격증이 없는 사람이었는데, 비오 신부는 그에게 전혀 개의치 않는다는 표정으로 이렇게 안심시켜 주었다.

"걱정 마세요. 주님께서 당신에게 그에 못지 않은 인정을 해주실 테니까요."

성스러운 무관심

평화로운 마음으로 사는 삶

하느님의 섭리에 의탁한다는 것은 하느님의 뜻을 행할 줄 알고 평화로운 마음과 성스러운 무관심을 지닌다는 것을 의미한다. 루피노가 쓴 《일곱 성인 신부의 삶》에 보면 외딴 곳에 떨어져 사는 일곱 수사의 얘기가 나온다. 이들이 살던 곳은 버려진 이교도의 성전으로 그곳에는 이교도의 신상이 하나 남아 있었다. 누보라고 하는 원장은 그곳에서 보내는 동안 지켜야 할 규칙을 하나 제안했는데, 그것은 이상하기 이를 데 없는 규칙이었다. 매일 아침 우상을 향해 돌을 던지고 저녁이면 우상에게 용서를 빌자는 것이었다.

수사 중 한 사람이 까닭을 묻자 나이 많은 원장이 대답했다.

"아침에 돌을 던진다고 이 우상이 화를 냅디까? 아닙니다. 저녁에 용서를 빈다고 우상이 감동을 받습디까?"

수사가 역시 아니라고 대답하자 원장이 말했다.

"사랑하는 형제들. 우리는 모두 일곱입니다. 우리가 이곳에서 언제나 일치해서 살려면 이 우상을 본받아야 합니다. 누가 기분을 상하게 하더라도 화를 내서는 안 됩니다. 누군가 용서를 빈다고 우쭐해서도 안 됩니다."

수사들은 원장의 말을 이해하고 그의 말에 동의했다. 그리하여 일생 동안 평화롭게 생활할 수 있었다.

자네들 대상을 잘못 골랐네

평화롭고 '성스러운 무관심'에 관한 한 지금 말하려는 은수자 역시 대단한 사람이었다.

어느 날 혼자서 살아가던 은수자의 거처에 난데없이 도둑이 들어왔다.

"자네들 도둑질할 대상을 잘못 골랐네. 어찌 나를 선택했다는 말인가?"

"많건 적건 여기 있는 것을 모두 가져가려고 온 것이오."

"그렇다면 마음껏 가져가게나."

도둑들은 얼마 안 되는 물건이나마 눈에 띄는 대로 거두느라 조그만 거처를 어수선하게 해놓고는 서둘러 빠져나갔다. 하지만 급한 마음에 정작 가져가야 할 물건은 놔두고 가버렸다. 수도원장의 허락을 받고 최소한의 돈을 넣어두었던 작은 가방이었다. 은수자는 즉시 그 가방을 집고는 도둑들을 뒤쫓으며 소리쳤다.

"이보게들, 자네들 이것을 두고 갔네그려."

하지만 은수자의 놀라운 행동은 도둑들의 마음을 누그러뜨리고 말았
다.

"이 사람이야말로 하느님의 사람일세."

도둑들은 가져가던 물건을 되돌려주었고, 은수자의 누추한 거처로 돌
아와 깨끗하게 정돈하고 돌아갔다.

우리의 뜻을 행하는 데에는 참으로 훌륭하지요…

신비한 체험을 많이 한 것으로 이름난 아빌라의 성녀 테레사는 말하
곤 했다.

"우리 주님께서는 겸손하면서도 용감한 영혼들을 원하십니다. 영성적
인 삶이 지니는 좋은 점은 하느님 때문에 즐거움을 느끼는 것이 아니라
그분의 뜻을 행하는 것입니다."

성녀는 경우에 따라 매우 엄하고 정확했다. 그러나 성소와 수도 생활
에 관한 한 재치와 명쾌한 대답으로 일관했는데 이런 말을 한 적도 있
었다.

"한 무리의 악령보다 만족하지 못하는 수녀 한 사람이 더 두렵습니
다."

언젠가 한 수도원에서 다른 수도원으로 옮기게 된 수녀가 본래 있던
수녀원에 계속 있어야 할 이유를 대면서 그것이 곧 하느님의 뜻이라고
말한 적이 있었다. 성녀는 그 수녀를 향해 웃음을 띤 채 대답했다.

"수녀님은 수녀님의 뜻을 하느님의 뜻으로 만드는 데에 뛰어나시군
요!"

부드러운 성인

성모 방문 수도회의 창설자요, 제네바의 주교이자 교회박사이면서 《신애론》(神愛論)이라는 책으로 잘 알려진 프란체스코 드 살 성인[1]은 인내하는 것이야말로 그에게 가장 어렵고 힘든 고행이었다. 마지막까지 고집을 꺾지 않았던 나이 많은 한 부인을 상대하는 일 역시 그분이 겪어야 했던 어려움 중 하나였다. 이 부인은 수준 높은 책을 많이 읽은 사람으로 아는 것이 많아서 성인과 직접 겨룰 수 있을 정도라고 생각하는 사람이었다. 심지어 성인을 속일 수 있다고까지 생각하기도 했는데, 그 사람이 매일 성인을 찾아와서 교회와 교황님을 욕하는 말을 쏟아붓곤 했다. 하지만 성인은 언제나 부드러운 말로 부인의 말을 무력하게 하곤 했는데, 결국 부인은 "이젠 어쩔 도리가 없어. 가톨릭으로 개종을 하든가 아니면 꼼짝없이 들통난 오류를 그대로 고집하든가…" 하는 결론에 이르고 말았다.

하지만 부인은 끝까지 항복하지 않았고 마지막 수단으로 사제의 독신생활은 가톨릭의 독단적인 법이라는 것을 인정하라고 다그쳤다. 성인은 또다시 나이 많은 부인을 굴복시키고 말았다.

"부인, 가톨릭 사제들이 가정을 가지고 있다면 그 직분을 잘 이행하지 못할 겁니다. 저 역시 가정이 있고 아내와 자식이 있다면 어찌 이 많은 시간 동안 부인의 애기와 불평을 들을 수 있었을까요?"

---

1) 프란체스코 드 살(1567~1622) : 제네바의 주교·교회학자. 살레시오 성인 이라고도 한다.

도랑을 건너뛰다

영웅적인 덕행을 지닌 사람들은 예외 없이 탄력적인 영혼과 융통성 있는 행동을 보여주는 사람들이다. 그런 영혼과 행동 때문에 참을성 있고 너그러운 사람이 될 수 있었던 것이다. 꾸밈이 없으면서도 맛깔스러운 말로 마음씨 좋은 농부 같은 순박함과 예리함을 동시에 보여준 교황 요한 23세는 어느 날 그분이 내린 조치에 대해 카날리 추기경[2]이 반대할 것이라는 말을 듣게 되었다. 아무리 추기경이라고 하더라도 교황님의 권위에 도전할 수는 없을 것이니 카날리 추기경이 반대한다 해도 어쩔 수 없다고 말할 수도 있었으리라. 하지만 교황님은 한마디 농담으로 넘겨버렸다.

"내가 어렸을 적에는 늘 도랑을 건너뛰어야 갈 길을 갈 수 있었지요."

---

2) '카날리' 라는 성은 이탈리아어로 '수로·도랑' 이라는 뜻이다.

근면성

하느님의 섭리는 믿음과 희망을 가지고 하느님의 뜻을 행하는 사람을 돕는다. 하지만 나머지는 인간이 스스로 근면하게 성취해야 한다. 근면성은 인간뿐만 아니라 하느님도 높이 평가하시는 덕목이다.

천국의 열쇠

평생 수도복을 만들고 초라한 옷가지를 수선하면서 보낸 수사가 있었다. 죽음을 맞이할 순간이 되자 그는 형제들에게 부탁했다.

"가서 천국의 열쇠를 가져다주시오."

"헛소리까지 하다니, 안됐어요… 천국의 열쇠라니요? 수도회 규칙을 말하는 건지도 모르겠군요. 아니면 묵주를 말하는지도 모르겠어요. 차라리 십자가를 가져다드립시다."

하지만 나이 든 수사는 그때마다 머리를 저었다. 마침내 원장이 그의 말을 알아듣고 수선실로 가서 작은 바늘을 가져와 임종하는 수사에게 건네주었다. 바늘을 건네받은 늙은 수사는 마치 옆 사람에게 말하듯 중얼거렸다.

"우리 둘은 참 오랫동안 함께 일했구나. 둘이 함께 하느님의 뜻을 행하려고 노력했지. 그러니 이제 네가 내게 천국 문을 열어주어야지…"

말을 마친 수사는 숨을 거두었다. 작은 바늘이야말로 수사에게 하루하루 천국을 열어준 천국의 열쇠였던 것이다.

호미와 거름

카를로 보로메오 성인이 살던 시대에 롬바르디아의 한 시골에 젤라라고 하는 과부가 살고 있었다. 호숫가에 사는 이 과부는 씨를 뿌리거나 모종을 옮겨심고는 괭이질도 호미질도 하지 않고 거름도 주지 않았다. 밀이나 겨자가 싹을 틔우자마자 말라죽는 것은 당연한 일이었다. 어느 날 과부는 관할 교구를 자주 둘러보는 보로메오 추기경이 그 마을을 지나게 된다는 소식을 듣고 중얼거렸다.

"모두 다 위대한 성인 추기경이라고 하니 내게도 기적을 베풀어주실 수 있겠지. 밭을 축복해 달라고 해야지."

울타리 나무 옆의 바위 위에 앉아 오랫동안 기다리던 과부는 성인이 오는 것을 보고는 뛰어가 땅에 무릎을 꿇고 강복을 부탁했다.

추기경은 과부의 밭에 들르게 되었고, 농사가 안 되는 까닭이 마녀나 요귀의 짓도 아니요, 밭이 메말라서도 아니라 일하기 싫어하는 주인 탓이라는 것을 깨닫게 되었다. 그리하여 밭과 과부에게 특별한 축복을 빌어주기로 마음을 먹게 되었다. 밭가를 따라 손으로 허공에 십자가를 그리며 크고 낭랑한 목소리로 외쳤다.

"호미와 거름! 호미와 거름! 호미와 거름…"

시간을 허비하는 것은 옳지 않아요

어느 날 아침 루이지 오리오네는 어머니에게서 호된 꾸중을 들었다. 그는 아직 어린 나이였지만 엄격한 가정교육 탓에, 책임감을 가지고 근면하게 살아야 한다고 생각하는 소년이었다. 그런 그의 눈에 따스한 햇살을 받으며 앉아 있는 본당 신부와 의사와 변호사가 함께 앉아 있는 모습이 띄게 되었다.

어린 오리오네는 시간을 허비해서는 안 된다는 생각에 그만 자제심을 잃고 나뭇가지를 꺾어 질질 끌며 세 사람 앞을 지나갔다. 먼지가 일어나 앉아 있던 세 사람이 불평하며 자리에서 일어서는 모습을 보고 어린 루이지가 고함을 질렀다.

"지금은 시간을 허비하거나 일 없이 놀 때가 아니라는 걸 모르세요?"

어머니가 꾸중한 것은 당연한 일이었다. 하지만 오리오네는 어른이 되어서도 생각이 바뀌지 않았다. 귀중한 재산인 시간을 허비해서는 안 된다는 것이 그의 굳은 신조가 되었던 것이다.

그는 충동을 제어하지 못하는 성격이었고, 충동적인 성격을 고치기 위해 많은 노력을 해야 했다. 언젠가 그는 두 수사가 점심 시간 뒤에 너무 오랫동안 소파에 앉아 있는 것을 보고는 그 소파를 태워버리기까지 했다. 두 수사에게 "주님, 우리를 불쌍히 여기소서"라는 기도를 외게 한 오리오네는 자신의 행동을 설명해 주었다.

"제가 그렇게 한 것은 우리가 결코 안락한 생활로 부름받지 않았다는
것을 기억시켜 주려는 것입니다."

단순함과 겸손

우리의 보잘것없음

누군가 어떤 은수자에게 질문했다.

"하늘나라의 환시를 보고, 주님과 성모님과 천사의 모습을 눈으로 보듯이 관상(觀想)할 수 있다고 말하는 사람들을 어떻게 생각하지요?"

은수자는 조용하면서도 단호하게 대답했다.

"그보다는 보잘것없는 자기 자신의 모습을 볼 수 있는 사람이 더 복됩니다."

왜 나를 창설자라고 부릅니까?

"정의하려 하기보다는 본받으려 노력해야 할 여인이요, 강직하면서도 투명하고 개방적인 여인이요, 다면적이면서도 어린아이의 얼굴처럼 투명한 단순한 여인이요, 온몸에서 생동감을 발산하는 여인이요, 영혼의 크기와 무게가 탱크처럼 육중한 여인"이라는 카르멜회의 어떤 사제가 한 말처럼 아빌라의 성녀 테레사는 참으로 다양한 면모를 보여주었다. 가진 것 없이 온갖 경제적인 어려움을 겪었고, 귀족들과 권력자들과 귀부인들의 적의와 모함을 받았을 뿐 아니라, 순종할 줄 모르는 불안정한 수녀로 간주되어 투옥의 위협까지 받으면서도 용기를 잃지 않은 테레사 성녀는 1577년 주거지 제한을 받았던 톨레도의 수녀원에서 《영혼의 성》이라는 위대한 책을 남겼다.

테레사 성녀는 여러 수도원을 돌며 자신의 개혁을 전파했는데, 성녀가 추진한 개혁은 단순히 외형적인 것만이 아니었다. 네 명의 수련 수녀와 함께 맨발로 다님으로써 스스로 겸손의 모범을 보였고, 맨발의 카르멜 수도회의 어머니가 되었다. 입방아찧기를 좋아하는 사람들은 그녀를 돌아다니기 좋아하는 '유녀'(遊女)라고 손가락질했지만 성녀는 용기를 잃지 않고 오로지 앞만 보고 나아갔다. 그녀는 자신을 창설자라고 부르는 사람들에게 단호하게 대답하곤 했다.

"사람들이 나를 창설자라고 부르는 까닭을 모르겠어요. 내가 아니라 하느님께서 하신 일인데 말이에요."

앞서 말한 것처럼 테레사 성녀는 엄격하기로 이름 높았지만 결코 침울한 사람이 아니었다. 수도회 창립을 위해 마지막으로 부르고스의 수도원으로 찾아가던 어느 날 성녀는 자신과 함께 가던 맨발의 카르멜회 수사에게 고백했다.

"사람들은 저에 대해 세 가지를 말했어요. 젊었을 때에는 미인이고 재능이 있다고 하더니 지금은 성녀라고 하지요. 처음엔 내가 미인이라는 말과 재능이 있다는 말을 믿었지요. 나중엔 후회를 했지만 말이에요. 하지만 내가 성녀라고 하는 말은 단 한 번도 믿어본 적이 없어요."

내 신을 벗겨주시오!

필립보 네리 성인은 겸손이야말로 성인들의 첫째가는 덕목이라고 생각했다. 그분이 살던 시대에 무아의 황홀 상태에 빠지기도 하고 하느님의 계시를 본다느니 하면서 여러 사람들의 입에 오르내리는 수녀가 한 사람 있었다. 하도 소문이 자자한 탓에 교황님이 필립보 네리 성인에게 로마 근처에 있는 수녀원에 가서 그 수녀의 성덕에 대해 알아보라고 명하기에 이르렀다. 마침 비가 몹시 내려서, 필립보 네리 성인은 무릎까지 진흙 투성이가 된 모습으로 수녀원에 도착했다. 성인은 즉시 수녀를 보고 싶다고 했고, 이윽고 소문이 자자한 수녀가 진지하고 경건하고 하느님에게 사로잡힌 표정으로 성인 앞에 나왔다. 의자에 앉은 성인이 수녀에게 다리를 뻗으며 명했다.

"신을 벗기시오!"

갑작스런 명령에 화가 난 수녀는 성인을 향해 고개를 쳐들었다. 필립보 네리 신부는 더 이상 아무것도 묻지 않았다. 모자와 망토를 집어들고 수녀원을 나선 성인은 교황 성하께 교만한 수녀는 성녀일 수가 없다고 보고했다.

돌팔이 접쟁이

아르스의 성인 비안네 신부[1]는 겸손한 사람이었다. 신자들의 마음속

비밀을 들여다보는 자신의 초자연적인 재능에 대해 사람들이 얘기하는 것을 결코 바라지 않았다. 그런 사람들에게 비안네 신부는 이렇게 말하곤 했다.

"글쎄요. 그저 나도 모르게 그런 생각이 들었지요. 돌팔이 점쟁이인가 봅니다."

비안네 성인은 자신을 그 마을의 어리숙한 사람 보르댕에 비유하면서 보르댕에 대해 이렇게 말하곤 했다.

"보르댕은 사람들을 대할 때 어리숙하기 짝이 없어요. 하지만 그럭저럭 잘 살아가고 있습니다. 저와 다른 본당 신부들의 관계도 그렇습니다. 어떤 가정이든 다른 형제보다 덜 똑똑한 자식이 있게 마련이지요. 저의 형제들과 누이들은 똑똑했지요. 형제들 중에서는 제가 가장 똑똑하지 못했어요."

불행한 결정

어느 날 자신의 공로와 성덕에 대해 사람들이 되풀이해서 말하자, 달갑지 않게 생각하던 비안네 신부가 한마디했다.

"예, 저는 주교님의 크신 배려로 사제가 된 사람입니다. 정부의 실수로

---

1) 요한 마리아 비안네(1786~1859) : 프랑스의 사제. 성적 부진으로 신학교에서 퇴학까지 당하는 등 우여곡절 끝에 사제가 되어 벽지의 시골 본당 신부가 된 그는 무식하다는 이유로 동료 신부들의 조롱을 받기도 했고, 스스로 자격이 없다는 자괴감에 괴로워하기도 했지만, 모든 어려움을 극복하고 겸손과 고행과 열성으로 생존시에 이미 성인으로 존경받기에 이르렀다. 각지에서 몰려온 사람들에게 고백성사를 받느라 하루 18시간까지 고백소에 머무른 것은 유명한 일화이다.

십자 훈장을 받은 기사 같은 사람이지요… 저는 노새 한 마리와 양 세 마리나 거두어야 할 보잘것없는 목자니까요."

벨레 교구의 샬랑동 주교에 의해 사제가 된 비안네 신부는 긴 사제복을 입고 싶어하지 않았는데, 어느 날 한 사제가 그를 충동했다.

"신부님, 주교님을 생각해서라도 입으셔야죠?"

비안네 성인은 이렇게 말했다.

"그 사람들은 그 옷을 입고 있는 나를 보고 어울리지 않는다고 놀릴 생각이었지만 결국 이루지 못했습니다."

어느 날 어떤 사람이 아첨조로 샬랑동 주교가 서품한 사제들 중에서는 비안네 신부 한 사람만 남았다는 걸 강조했다. 그러자 성인이 대답했다.

"그럴 수밖에요. 주교님이 저에게 신품을 주신 것은 불행한 결정이었어요… 나중에 그걸 아시고는 다시는 신품을 주시지 않으신 거지요."

이처럼 용기 있고 품위 있는 겸손은 결국 큰 보답으로 되돌아왔다. 아르스는 마치 커다란 대성당처럼 순례자들의 목적지가 되었고, '영혼들에게 사로잡힌' 아르스의 본당 신부는 하루에 열두 시간에서 열네 시간씩 고백소에서 보냈다. 신학에 무지한 사람으로 통하던 사람이었다는 것을 감안하면 놀라운 일이 아닐 수 없었다. 성인에 대한 가장 아름다운 증언은 아마 아르스를 다녀온 어떤 농부의 고백일 것이다.

"저는 그분 안에서 하느님을 보았습니다."

요한 비안네 신부는 경건하고 열정적이었지만 지식의 소유자는 아니었다. 본당을 맡기면서 주교님이 그분에게 한 말은 "모자라는 지성은 삶의 덕행이 보충해 줄 것입니다"라는 것이었다. 그것이 사실로 확인되던 것이다.

고백실이 그분에게 가장 잘 어울리는 곳이었다면 설교대는 그렇지 않았다. 비안네 신부는 일요일 강론을 그 전주 초부터 시작했다. 단 한 쪽 밖에 안 되는 분량이었는데 모두 암기하고는 서툰 솜씨로 여러 번 되풀이해서 연습했다. 자신의 부족함을 절실히 느낀 비안네 신부는 기도와 단식으로 성령의 도움을 청했다. 그분의 기도는 결국 이루어졌는데, 지혜의 선물뿐 아니라 기적을 행하는 선물까지 받은 것이었다. 오래지 않아 강론은 훌륭하게 바뀌었고 온 프랑스에 이름이 알려지게 되었다.

이제 성령이 어떤 분인지 알겠습니다

프랑스의 설교가 중에서 가장 유명한 라코데르[2])가 아르스의 본당 신부를 찾아간 적이 있었는데, 그것은 대단한 이야깃거리였다. 비안네 신부는 이에 대해 이렇게 말했다고 한다.

"제가 가장 놀랍게 생각한 것이 무엇인지 아십니까? 가장 위대한 학문의 소유자가 가장 무지한 사람에게 고개를 숙이러 왔다는 것입니다. 양 극단이 만난 것이지요."

하지만 실제는 그 반대였다. 초라한 아르스의 본당 신부가 한 설교는 성령에 관한 것이었는데, 설교를 듣고 난 라코데르는 황홀경에 빠져 탄성을 올렸다.

"이제야 성령이 어떤 분인지 알겠습니다."

---

2) 라코데르(1802~1861) : 프랑스의 가톨릭 신학자, 사제.

기어오르게 할 것인가, 들어가게 할 것인가?

위대한 설교가요, 프랑스 도미니크회의 자랑이자 '황금의 입'이라고 불리던 라코데르 역시 위대하면서도 겸손한 사람이었다. (라코데르가 설교를 할 때면 노트르담 대성당이 빈틈 하나 없이 가득 찼다고 한다.) 어느 날 한 수사가 그에게 사람들이 얼마나 많이 몰려왔는지 직접 얼굴을 보려고 고백실 위로 기어오르기도 한다고 말해 주었다. 그러자 라코데르 신부가 겸손하게 대답했다.

"라비그낭 신부는 저보다 복 많은 분입니다. 저는 사람들을 고백실 위로 올라가게 하지만 그분은 고백실 안으로 들어가게 하니까요."

헛되고 헛된 허영

프랑스의 점잖은 신사 한 사람이 알레산드로 만조니에게 그의 사진을 들이대며 서명을 해달라고 부탁했다. 하지만 대저술가 만조니는 정중하게 서명을 거절했다. 잠시 후 아킬레 토렐리라는 배우가 자신에게는 왜 기꺼이 서명을 해주었느냐고 묻자 만조니가 대답했다.

"당신에게는 내가 친구라는 것이 위안이 된다는 것을 알고 있지요. 많은 고통을 겪은 젊은이에게 위안을 주는 것은 좋은 일이지요. 하지만 아까 그 사람에게 내가 서명을 해준다면 그건 제 허영심 때문일 겁니다."

빗자루가 놓여 있을 자리

루르드의 베르나데트 수비르[3)]는 1858년부터 1860년까지 수녀들이 운영하는 학교에 다니고 있었다. 학생들 중에는 세 부류가 있었는데, 돈을 내지 않고 다니는 가난한 집 딸들은 일층에 있는 교실에서 공부했다. 베르나데트는 당연히 이 교실에 있었는데, 수많은 순례자들이 몰려와 어린 베르나데트의 손에 입을 맞추기도 하고 옷조각이라도 찢어가려 하는 바람에 많은 시간을 빼앗길 수밖에 없었다. 소란을 끝내려고 마음먹은 루르드의 본당 신부가 직접 학비를 대는 조건으로 삼층에 있는 부잣집 아이들 반으로 옮기게 했다. 반을 옮긴 다음에야 글쓰기와 읽기를 배울 수 있었는데, 다른 아이들이 착하기만 했지 아무 짝에도 쓸모가 없다고 놀리기도 하고 건방지다고 트집을 잡기도 했기 때문에 베르나데트 자신에게는 오히려 큰 고통의 시기가 되었다.

어느 날 어떤 수녀가 루르드에서 있었던 장면을 찍은 사진을 보여주면서 성모님의 발현을 볼 수 있었던 베르나데트를 부러워했다. 그러자 베르나데트는 이렇게 대꾸했다.

"빗자루는 어디에 필요한 거죠?"

"그걸 말이라고 하니? 바닥을 쓸 때 필요한 거지."

"그 다음에는요?"

"그 다음에는 자기 자리에 가져다두겠지. 문 뒤에…"

"나도 마찬가지예요. 성모님께서 저를 도구로 쓰신 다음 제자리에 가져다놓으신 거예요. 저는 그걸로 만족해요."

---

3) '루르드의 메시지'를 기록한 소녀로 나중에 수녀가 되었다.

빗자루가 놓여 있을 자리

만나봐야 아무 소용이 없어요, 정말이라니까요!

아기 예수의 테레사 성녀의 자매들 중에서 역시 카르멜회의 수녀가 된 레오니 마르탱도 겸손한 수녀였다. 사람들이 성녀의 동생인 자신을 보러 카엥으로 몰려올 때도 가능하면 사람들의 눈에 띄지 않으려 노력했다. 언젠가 한 추기경이 수녀원을 방문했는데, 응접실로 내려가 보라는 명을 받았다. 그녀를 보자 추기경이 물었다.

"수녀님이 성녀 테레사의 동생이신가요?"

"네, 추기경님. 하지만 그렇다고 저까지 성녀가 되는 건 아니에요."

어느 날 어떤 사제가 수녀원에 도착했는데, 그때 정문일을 보던 수녀는 다름아닌 레오니였다. 사제가 성녀의 동생을 보러 왔다고 하자 레오니가 대답했다.

"원장 수녀님께 말씀드리겠어요. 하지만 프란체스카 마르탱 수녀는 응접실로 내려오지 않을 거예요."

"오, 만나보고 싶습니다!"

"신부님. 만나봐야 아무 소용이 없어요. 정말이라니까요!"

신부는 동료 수녀를—더욱이 성녀의 동생인 프란체스카 마르탱 수녀를—그런 식으로 매도하는 수녀의 태도에 몹시 실망하고는 즉시 수녀원을 떠나가 버리고 말았다. 나중에야 자신에게 그런 투로 말한 사람이 누구였는지 알게 되었다.

십자가도 십자가 나름

무리알도는 사람을 가리지 않고 시도 때도 없이 사람들을 데려왔다.

거리에서 만난 굴뚝 청소부도 마찬가지였다. 누이들은 그런 무리알도를 도와주었지만 때때로 참을성을 잃고 폭발하는 때도 있었다. 어느 날 산더미처럼 쌓인 빨랫거리를 앞에 두고 한 누이가 불평했다.

"레오나르도, 너무 지나친 것 아니니? 빨래터가 탄광이 되었잖니?"

레오나르도 무리알도는 한없는 사랑이 있었지만 매우 겸손한 사제이기도 했다. '이탈리아의 왕관 기사 훈장'을 받기도 했는데 그 십자가를 달고 다니지 않았다. 사람들이 십자 훈장을 어떻게 했느냐고 물으면 이렇게 대답했다.

"그것말고도 십자가가 너무 많아서…"

우리는 하나

교황 비오 12세가 '위대한 영혼'이라고 불렀던 오리오네 신부는 특별한 사람이었다. 하지만 그 자신은 정반대로 생각했다. 노새와 찍은 사진 밑에 이렇게 우스갯소리를 써넣은 적도 있었다.

"노새와 나. 우리는 하나."

자신이 멍청한 사람이라는 것을 빗대어서 한 말이었는데 아닌게아니라 그는 여러 번 그런 모습을 보여준 것으로 유명하다. 그 중 흥미있으면서도 뜻있는 일화 하나를 소개해 본다.

기숙하던 학교에서 사흘 동안 도망친 뒤 학교에서 쫓겨난 고아 소년이 있었다. 루이지 오리오네 신부가 이 아이를 자신이 운영하는 학교에 받아들이기로 하고 직접 데리러 갔다. 아이를 앞에 둔 오리오네 신부는 친절하게 대하면서 바라는 것이 있는지 물었다. 하지만 오리오네 신부는 알아보지 못했지만, 그 아이는 이미 전에 만난 적이 있는 아이였다. 마르시카에 지진이 났을 때 많은 사람들이 달려가 구호 활동을 하고 부모를 잃은 아이들을 돌보아주던 때 만난 적이 있는 소년이었다. 몇 해가 지나는 동안 아이는 반교회적인 사람으로 바뀌어 있었고, 사제들을 적대시하는 사람으로 바뀌어 있었다. 친절하게 대해주는 신부에게 아이는 앙탈을 부렸다. 신문을 하나 사달라고 하면서 '아반티'[4]를 요구했을 뿐만 아니라 버릇없는 말투로 자신의 짐을 들라고 요구했던 것이다. 오리오네 신부는 '하느님 섭리의 충실한 노새가 되겠다'는 생각으로 말없이 아이의 가방을 어깨에 들처메었다. 충격을 받은 아이는 오리오네 신부에게 결국 자신의 한과 어려움과 의문을 털어놓기 시작했다고 한다. 두 사람은 다정한 사이가 되었고, 그 우정은 오리오네 신부가 하늘나라로 떠날 때까지 계속되었다. 소년은 미래에 유명한 저술가가 된 이냐시오 실로네였다.

아직도 복사를 설 줄 압니다

사르토 몬시뇰[5]이 베네치아의 추기경으로 있을 때의 일이다.

어떤 성당에 들어갔다가 복사도 없이 미사를 집전하는 사제를 보게 된 사르토 추기경이 제대 위로 올라가 사제를 도와주려 했다.

깜짝 놀란 사제는 자신도 모르게 추기경을 말렸다.

"추기경님, 안 됩니다!"

---

4) 아반티(Avanti)는 사회주의 계열의 신문이었다.
5) 몬시뇰은 주로 가톨릭 교회의 고위 성직자를 부르는 경칭이나, 평신도 중에도 몬시뇰이 있다. 몬시뇰 사르토는 1903년에서 1914년까지 재위한 교황 10세로 1954년에 시성되었다.

하지만 추기경은 웃음을 지으며 대답했다.

"저는 보잘것없는 시골의 추기경일 뿐입니다. 하지만 복사를 설 줄은 압니다. 못 믿겠어요?"

한 어머니의 자식

베네치아의 사르토 추기경이 교황에 선출된 뒤 사람들이 그 사실을 알려주었을 때 그분은 이렇게 대답했다.

"아닙니다. 저는 그 사실을 받아들일 수가 없어요. 차라리 추기경직에서 물러나 프란체스코회 수사가 되겠어요. 교황이 된다는 것은 생각만 해도 끔찍합니다. 죽든 살든 꼭 베네치아로 돌아가겠다고 약속했습니다."

사람들이 간곡하게 설득하자 결국 받아들이기는 했지만, 겸손한 인품의 그분은 스스로 부당하고 능력 없는 사람이라는 느낌을 떨쳐버리지 못했다. 그토록 위대한 교황이 되었건만 그분의 겸손은 결코 변함이 없었다. 교황이 된 뒤에도 친척들과는 언제나 사투리로 이야기를 나누었다. 교황이 된 뒤, 처음으로 찾아간 여동생 테레사는 그분을 보자 발 앞에 엎드려 신발에 입을 맞추려 했다. 하지만 교황 비오 10세는 다정하게 누이를 일으켜세우며 사투리로 말했다.

"테레사, 이게 무슨 짓이야? 한 어머니의 자식끼리…"

교황 같은 생활

교황 비오 10세는 단순하지만 유머 감각이 뛰어나신 분이었다. 잔잔한 미소를 머금고 있다가 때로는 전혀 악의 없는 농담으로 유머 감각을 드러내기도 했다.

어느 날 한 귀부인과 이야기를 나누는 동안에 있었던 일이다. 수다스럽고 다소 경망스런 그 부인은 높은 직책에 어울리지 않게 작은 마을에서 가난하게 태어난 교황의 어린 시절을 들먹이며 로마에서 지내기가 어떠냐고 물었다. 하지만 선출된 지 얼마 되지 않은 교황은 단순하면서도 명쾌하게 대답했다.

"더도 덜도 아니고 교황처럼 살지요."

하지만 그분에게는 '교황다운 삶'이 그리 즐겁지만은 않았는지도 모른다.

어느 날 교황이 서재에서 친척인 한 성직자와 이야기를 나누고 있었다. 무더운 날이라 갈증을 느낀 교황이 말했다.

"목이 마른걸."

"교황 성하, 얼른 가서 물을 한 잔 가져오지요."

"신부님이 직접 물을 가지러 가면 사람들이 이상하게 생각할 거요."

"그러면 초인종을 누르시지요."

"아니, 차라리 그냥 두는 게 낫겠어요. 복잡하게 될 테니 말이오. 시종장이 오면, 시종장은 다른 사람을 부를 거고, 그 사람은 교황이 무슨 음료를 드시고 싶은지 물을 거란 말이오. 찬 걸 원하는지 더운 걸 원하는지… 물 한 컵 마시는 게 얼마나 복잡한 일인지 아시오? 차라리 목이 마르더라도 그냥 참는 게 나아요. 저녁 먹을 때까지 아무도 귀찮게 하지 말고 참읍시다."

사르토 추기경은 자신이 교황에 선출될 가능성은 추호도 없다고 생각했으며, 교황 선거가 끝나면 사랑하는 베네치아로 다시 돌아가리라 굳게

믿고 있었다. 교황 선거가 있기 전, 베드로좌에 오르게 될 것이라고 말하는 메스테르 신부에게 "말도 안 되는 소리"라고 한 대답에서도 그 점은 명백히 드러난다.

선임하사님의 허락

레르카로 추기경이 레냐노의 엔리코 보니니라는 사람의 금혼식에 초대받은 적이 있었다. 보니니라는 사람은 일차대전에 병사로 참가한 레르카로 추기경의 선임하사였다. 보니니 씨는 어려운 일이라는 것을 알면서도 초대장을 보냈는데, 추기경이 그의 초대를 받아들였고 미사까지 집전해 주었던 것이다. 젊었을 때 자신의 상관인 선임하사였던 그 사람은 이제 많은 자식과 손자를 거느린 대가족의 가부장이 되어 있었다. 잔치가 한 고비가 지났을 때였다. 추기경이 종이에 뭔가 쓰더니 서명을 해달라며 보니니 씨에게 건네주었다. 편지에는 이렇게 씌어 있었다.

"선임하사 엔리코 보니니는 레르카로 추기경에게 볼로냐로 돌아가도 좋다고 명한다. 1957년 9월 9일 레냐노에서."

쪽지를 읽은 보니니 씨가 입을 열었다.

"좋습니다. 서명하겠습니다. 하지만 오후 네 시 이후에나 서명하겠습니다."

그러자 추기경이 다시 재촉했다.

"선임하사님, 그러시면 안 됩니다. 바로 해주세요."

결국 보니니 씨는 서명하지 않을 수 없었다.

"엔리코 보니니 중사."

커다란 느티나무는 쓰러지지만…

베네치아 근처의 팔레스트리나에서 의사 아버지와 교사 어머니 사이에서 태어난 올린토 마렐라는 로마 신학교에 다닐 때 베르가모의 한 가난한 집안에서 태어난 신학생과 같은 반 친구였다. 바로 이 가난한 농부의 아들은 뒤에 교황 요한 23세가 되었는데, 올린토는 옛 급우에 대해 이렇게 회상한다.

"신학생 안젤로 론칼리는 아주 마음이 너그러운 신학생이었습니다… 다른 사람을 시기하는 일도 없었고, 시기를 받을 만한 일도 하지 않았지요. 전혀 남들 앞에 나서려고 하지 않던 그가 그렇게 높은 자리에 오르게 된 겁니다. 교황이 된 다음에도 그분은 제게 예전처럼 서로 말을 놓자고 했지요. 그래서 저는 말을 놓으려고 노력했지만 뜻대로 되지 않았습니다. 그런데도 그분은 계속 서로 반말을 하자고 하는 겁니다…"

마렐라 신부 역시 겸손과 너그러움과 애덕에 있어서는 누구 못지 않은 분이었다. 나이가 들어 임종이 가까울 때였는데, 고생과 고행으로 건강이 몹시 좋지 않았음에도 여전한 모습으로 말하곤 했다.

"바람에 쓰러지는 건 커다란 느티나무이지, 보잘것없는 풀포기는 아무리 바람이 불어도 쓰러지지 않습니다."

우리는 모두 장님

교황 비오 11세의 일반 알현 때였다. 여느 때처럼 사람들은 모두 교황의 반지에 입을 맞추고 있었다. 그러나 일행 중 한 사람은 교황의 반지에 입을 맞추지 않았다. 교황이 조금 이상하게 생각하자 누군가 교황의 귀에 대고 속삭였다.

"성하, 장님입니다."

그러자 교황은 큰 소리로 말했다.

"우리는 모두 장님입니다. 하지만 언젠가는 모두 똑같이 보게 될 것입니다."

당신은 교황이 될 것입니다

1905년 사제가 된 지 얼마 안 되는 어느 날 안젤로 론칼리 신부(뒤에 교황 요한 23세가 된 분)가 집으로 돌아왔을 때의 일이다. 마을 의사인 민고치 씨가 무슨 생각이 들어서인지 모르지만 풋내기 신부를 얼싸안으며 중얼거렸다.

"신부님은 교황님이 될 겁니다."

젊은 론칼리 신부는 호탕한 웃음을 터뜨렸고, 그 말도 안 되는 '예언'을 생각할 때마다 미소를 짓곤 했다.

'나 같은 사람이 교황이 될 수 있다면 세상 누군들 교황이 되지 못할까…'

하지만 베르가모의 조반니 라디니 테데스키 주교는 신학교를 갓 졸업한 이 풋내기 신부를 자신의 비서로 임명했고, 선종하기 전에는 자신의 자색 옷을 이 젊은 신부에게 선물로 넘겨주었다(뒷날 추기경이 된 론칼리는 교황에 선출되는 순간 이분이 남겨준 그 자색 수단을 입고 있었다).[6] 어쩌면 이때부터 안젤로 론칼리가 자신의 겸손한 평온이 깨어지지

---

6) 수단은 성직자들이 입는 긴 옷으로 일반 사제는 검은색, 주교는 자색, 추기경은 붉은색, 교황은 흰색 수단을 입는다.

않을까 두려워하기 시작했는지도 모를 일이다.

어쨌거나 안젤로 론칼리는 로마의 신학교에 들어가서 이렇게 자문하곤 했다.

"나는 누구인가? 나의 이름은 무엇인가? 나의 직책은 무엇인가? 나는 아무것도 아니다! 나는 한 사람의 종일 뿐, 그 이상의 어떤 것도 아니다. 내게는 아무것도 가진 것이 없다. 생명조차 나의 것이 아니다. 하느님만이 나의 주인이시다. 내 생명과 삶의 완전한 주인이시다."

하지만 안젤로 론칼리로서는 나름대로 '두려워해야 할' 이유가 있었는지도 모른다… 1921년에는 붉은 수단을 입고 고향 소토 일 몬테로 간 일이 있었다. 교황청의 행정 업무를 맡은 고위 사제가 되었기에 붉은 수단을 입게 되었던 것이다.

붉은 옷을 입은 모습을 본 고향 마을의 부인들이 론칼리의 어머니 줄리아 마촐라에게 물었다.

"아드님이 왜 주교님처럼 옷을 입고 있는 거예요?"

시골 아낙인 그의 어머니의 대답이 재미있다.

"글쎄 말이유. 신부들끼리 알아서 하는 일이 대놔서…"

제정신이 아닌가 보지…

주교가 된 론칼리 몬시뇰은 소피아의 교황 사절로 파견되었고, 1933년에는 이스탄불의 교황 사절로 옮겨가게 되었다. 이곳에 있던 1944년 바티칸에서 전보를 하나 받게 되었는데 그 내용은 놀라운 것이었다. 교황청 국무원이 그를 프랑스 파리의 교황 대사로 임명한다는 내용이었다. 론칼리 주교가 걱정스런 얼굴로 중얼거렸다.

"로마에 있는 분들이 제정신이 아닌 게 틀림없어…"

뭔가 잘못된 것이 틀림없다고 생각하면서 이탈리아로 돌아갔지만 교황 비오 12세가 그를 높은 직책에 임명한 것은 사실이었다. 신임장을 전하는 자리에서 타르디니 추기경이 그에게 말했다.

"당황스럽다구요? 걱정 마세요. 우리들 중 누구도 그렇게 생각하지 않았으니까요."

오그라드는 마음

안젤로 론칼리의 소박함은 과연 예외적인 수준이었다. 교황 선거를 위한 추기경 회의에 들어가기 전날 로마의 한 수녀원에 들른 론칼리 추기경이 수녀들에게 말했다.

"이 순간의 책임을 생각하면 마음이 오그라드는 것 같습니다. 주님께 기도해 주세요. 모든 일이 정상으로 돌아와 제 교구로 돌아갈 수 있게 해주십사 하고요. 그리고 가능하다면 고향 마을의 본당 신부가 되고 싶습니다."

고향 마을의 본당 신부까지는 아니더라도 최소한 베네치아에 머무르고 싶다는 것이 그의 소박한 바람이었다. 하지만 교황 비오 12세가 승하하자 론칼리 추기경은 로마로 들어가지 않을 수 없었는데 결국 베네치아로 돌아갈 수 없었다는 것을 보면 마음이 오그라드는 것도 어쩌면 까닭이 있었던 것이다.

결국 요한 23세가 되었는데, 이에 대해 그분 자신은 이렇게 말한다.

"누구보다도 놀란 사람은 저 자신이었습니다. 그런데도 모든 일이 그렇게 신속하고 자연스럽게 진행된다는 것이 믿기지 않았습니다."

1959년에는 이런 글을 남기기도 했다.

"주님께서 보잘것없는 내게 이처럼 큰 일을 맡기시기로 한 그때부터 온 세계는 나의 가정이 되었다. 나의 정신과 마음과 행동은 이처럼 큰 가정에 속해 있다는 현실에 합당한 생동감과 무게를 지녀야 한다."

잘못된 옛말

요한 23세가 교황에 선출된 다음날, 평소에 론칼리 추기경과 친분이 있던 교황청의 기관지 '오세르바토레 로마노'의 사장이 질문했다.

"성하, 지난밤 잘 주무셨는지요?"

요한 23세가 대답했다.

"엊저녁 저는 하느님의 손길에 모든 것을 맡겼어요. 그래서 마음이 평온했지요. 그런데 그만 '교황처럼 곤하게 자다'라는 옛말이 떠올라 잠을 이룰 수 없었습니다. 잘못된 옛말이라는 생각이 들었기 때문이지요."

하기야 어떻게 잠을 잘 수 있었을까? 새로 선출된 교황의 침실 앞에서 근위병의 발소리가 끊임없이 뚜벅거리는데… 결국 교황은 벌떡 일어나 근위병에게 한마디하셨다.

"됐어요. 이젠 가서 쉬세요. 그러면 우리 둘 다 좋지 않겠어요?"

그분이 도와주시는 것이 아니라…

1959년 1월 9일 아침, 요한 23세를 알현하러 간 로시 신부는 교황으로부터 하나의 비밀을 듣게 되었다.

"지난밤 아주 중요한 생각이 떠올랐습니다. 공의회를 소집해야겠습니다."

하지만 교황은 그 말 뒤에 한마디 덧붙였다.

"성령께서 교황을 도와주고 보좌해 준다는 말은 맞지 않아요…"

절친한 친구였던 로시 신부가 놀라서 되물었다.

"아니 성하? 무슨 말씀이신지요?"

요한 23세는 웃음 띤 얼굴로 되풀이했다.

"성령께서 교황을 보좌한다는 말은 맞지 않아요. 교황이 그분을 보좌하는 것이지요. 모든 일을 하는 분은 그분이니까요. 공의회도 그분의 생각이었어요."

하지만 공의회를 선포한 바로 그날 그분은 잠을 이루지 못했다. 바로 그날 그분이 남긴 독백이다.

"요한, 왜 잠을 자지 않는가? 교회를 다스리는 이는 그대인가? 아니면 성령이신가? 성령이 아니신가? 그런데 무엇 때문인가? 어서 자게, 요한, 어서!"

나는 앵무새가 아닙니다

"어떤 공의회도 제2차 바티칸 공의회보다 더 많은 정성과 자문을 거쳐 준비하지는 못했을 것입니다."

펠리치 몬시뇰의 말이다.

"에피소드 하나가 기억납니다. 언젠가 교황님께 간 적이 있는데, 성하께서 연설문을 쓰고 계셨지요. 그래서 제가 말했습니다.

'성하, 하실 일이 그렇게 많은데 연설문을 직접 쓰십니까? 기본적인 개념만 알려주시면 되지 않을까요?'

하지만 성하께서 대답하셨지요.

'아닙니다. 제가 직접 해야지요. 저는 교황이지 앵무새가 아닙니다.'"

두 팔로 모든 사람을 끌어안는 듯한 모습…

신자들을 축복하기 위해 두 손을 들어올릴 때, 교황 비오 12세는 하늘을 향해 두 손을 드는 것 같다는 평을 듣곤 했다. 요한 23세는 모든 사람을 자신의 두 팔 안에 끌어안는 것 같다는 평을 받는다. 마치 이렇게 말하려는 듯…

"우리 모두 주님께 나아갑시다. 그래서 그분의 축복을 받읍시다."

그런 그분의 가정 환경을 돌아보면 특별한 감회에 사로잡힌다. 교황에 선출되었다는 소식을 들었을 때, 론칼리 형제들은 이렇게 말했다.

"우리는 그가 공부하기를 바라지 않았습니다. 그런데 사람들은 그를 교황에 선출했습니다!"

라디오가 고장난 아순타는 우유를 짜러 가던 길에 이웃 아주머니에게서 오빠가 교황에 선출되었다는 소식을 들을 수 있었다.

론칼리 교황에게는 열여덟 명의 조카가 있었는데, 가장 사랑하는 조카는 엔리카였다. 교황 선출 회의에 참가하기 위해 떠나기 전 론칼리 추기경은 바로 그 엔리카에게 이런 편지를 보낸다.

"내 마음은 평온하고 평화롭다."

자신이 선출되리라고는 전혀 생각지 못했던 것이다.

참을성이 있어야

론칼리 형제들은 몹시 어리둥절한 모습으로 로마에 도착했다. 여러 몬시뇰이 팔을 잡고 안내를 해야 할 정도였다. 감회가 어떠냐는 질문을 받았을 때에도 아무 대답도 하지 못하고 쩔쩔맸는데 마지막에 가서야 형제들 중 한 사람이 대답했다.

"안젤로, 아니 교황님이, 높다란 가마에 앉아서 우리에게 강복하는 모습을 보면 울음이 터질 것 같아요."

콜롬베라에 돌아왔을 때 누군가가 교황님이 가족들을 찾아 그곳까지 올 거라고 생각하느냐고 질문했다. 그때 자베리오의 퉁명스런 반응이 재미있다.

"그렇게는 못 하겠지요. 안젤로 신부, 아니 교황님이 이곳까지 오는 걸 원하지도 않구요. 이곳 소토 일 몬테에 무슨 일이 일어나라구요. 대소동이 일어날걸요."

아닌게아니라 삼촌이 교황으로 선출된 이후 수많은 사람들과 기자들을 맞이하느라 지칠 대로 지친 조카 엔리카는 유명세 덕에 생긴 고생에 대해 삼촌에게 불평을 털어놓았다. 조카의 불평에 교황은 베르가모 사투리로 마음씨 좋게 타일렀다.

"애야, 어떤 경우든 참을성이 있어야 한다."

참을성에 관한 한 누구보다도 그 자신이 가장 많은 경험을 했을지도 모른다. 그러기에 그분은 비신자들의 마음에까지 깊은 인상을 남겨주었고 '마음씨 좋은 교황님'으로 기억되게 되었다. 그분의 좋은 마음씨는 변함이 없었고, 어느 달 밝은 밤 군중 앞에서 연설을 하다가 세상의 어머니들에게 잠든 아이에게 입맞춤을 해주라고 당부하기까지 했다. 오천

명이 모여 알현하는 도중 아기 우는 소리에 연설을 멈추고 비서 신부인 나살리 로카 몬시뇰을 보내 우는 아기를 달래주기도 했다. 그리고 아기가 울음을 그치자 다시 연설을 시작했다.

교황님께 말씀드려야지…

교황 요한 23세는 자신이 교황이라는 사실에 결코 익숙해지지 않았다. 재임 초기에는 말할 나위도 없었다. 때때로 복잡한 일로 밤에 잠이 깨곤 했는데 자신도 모르게 "교황님께 말씀드려야지"라고 중얼거리곤 했다. 하지만 자신이 교황이라는 사실을 기억하고는 미소를 지으며 중얼거렸다.

"좋아, 그러면 하느님께 말씀드려야지."

교황의 친구

몬티니 몬시뇰[7]의 가장 절친한 친구 중에 저술가이자 정치가인 이지노 조르다니[8]가 있다. 조르다니는 1929년 《성벽으로 둘러싸인 도시》라는 소설을 쓴 적이 있다. 이 소설의 주인공은 일데브란드라는 사람이었는데 몬티니 몬시뇰이야말로 일데브란드의 모델이었다. 몬티니 몬시뇰에 의

---

7) 조반니 바티스타 몬티니 몬시뇰로서 나중에 교황 바오로 6세(1963~1978 재위)가 되었다.

8) 이지노 조르다니 : 전후 이탈리아의 정치가, 저술가로 이탈리아 국회의 제헌 의원. 국제 마리아 사업회(포콜라레)의 정회원인 기혼 포콜라리노로 이 단체의 공동 창설자로 일컬어지는 이지노 조르다니는 신앙과 이상을 실현하고자 노력한 정치가였다.

해 교회가 새로이 태어나기를 바라는 마음에서 쓴 소설이었다. 몬티니 몬시뇰 역시 그 사실을 알고 있었다.

조르다니는 뒷날 이런 말을 남겼다.

"가공의 일데브란드를 만들어낸 뒤 나는 실제로 살과 피를 지닌 일데브란드를 세상에 내놓았습니다. 새로 태어난 아들에게 일데브란드라는 이름을 지어주었으니까요. 이 아이가 세례를 받던 날 마치니가(家)에 있는 그리스도 왕 성당 앞에서 몬티니 몬시뇰을 만났는데, 그때부터 만날 때마다 아이에 대해 묻곤 했습니다.

'일데브란드 잘 있습니까?'

그 후로도 몬시뇰은 일데브란드를 언제나 귀여워해 주셨지요."

단지 피리일 뿐…

바올로 로베센다는 이탈리아에서 가장 나이 어린 대학 교수라는 대단한 기록을 세운 사람이었다. 수도 사제가 되어 토리노의 마리아노라는 수도명을 받았을 때, 장상들은 그에게 전에 가르치던 대학으로 갈 때 카푸친회의 수도복을 입으라고 했다. 마리아노 신부는 순명(順命)하기 위해 수도복을 입고 겸손하게 대학에 나갔고, 학생들은 그를 반갑게 맞아주었다.

"로베센다 교수님이셔!"

학생들이 그를 놓아주지 않고 교수로 모시고 싶어했기 때문에 결국 라틴어 교수가 아니라 종교 과목을 가르치는 교수로 재직하게 되었다. 새로운 과목을 맡게 되자 전보다 더 큰 책임감을 느끼게 되었는데 특히 이탈리아 국영 라이 방송에 출연할 때에는 큰 책임감을 느꼈다. 당시 그는 늘 이렇게 중얼거리곤 했다.

"하느님에 대해 한 시간 이야기하려면 최소한 다섯 시간이나 여섯 시간의 준비가 필요합니다. 저는 단지 피리일 뿐이고, 악기를 부는 것은 바람이지요."

마카로니와 양배추

마리아노 신부는 자신을 피리라고 불렀지만, 바오로 수도회의 창설자요, 오늘날 널리 퍼진 인쇄물과 매스커뮤니케이션 사도직을 시작한 자코모 알베리오네는 자신을 양배추라고 부르기를 좋아했다. 그 자신이 양배추말고는 내세울 것이 없는 '브라'에서 태어났기 때문이었다. 반면에 비오 신부는 자신의 어린 시절을 기억하면서 스스로 "소금기 없는 마카로니"라고 불렀다. 자신의 명성이 높아지자 그 사실을 몹시 괴로워한 그는 언젠가 기자들에게 말했다.

"여러분의 행동은 정말 이해할 수 없습니다. 그저 기도나 드리며 살고 싶은 신부에게 몰려와 소란을 피우니 말입니다."

겉모습과 참모습

육체적인 결점과 정신적인 단점에 대해 성인들은 어떻게 생각했을까? 라 로 슈푸코(1613~1680, 프랑스의 고전 작가)는 말했다. "자신의 결점에 대해 웃을 수 있는 사람은 평생 웃을 수 있는 조건을 갖추고 있다"고. 과연 우리의 결점은 우리가 가장 마음속 깊이 간직하고 있는 것이요, 우리의 존재와 함께하는 것이다.

지네프로 수사

성 프란체스코를 아는 사람은 지네프로 수사도 안다. 그는 수도원의 '광대'였던 인물이요, 때로는 어리석게 보일 정도로 온갖 재미있는 일의 주인공이었던 사람이다. 프란체스코 성인은 그를 아주 특별한 영혼을 가진 사람으로 생각했는데, 물의를 일으킨 데 대해 언성을 높이던 수사들에게 어느 날 이렇게 말하기도 했다.

"형제 여러분, 주님께서 지네프로 형제 같은 사람을 많이 보내주셨다면 얼마나 좋을지 모르겠습니다."

임종을 앞두고 병상에 누워 있던 클라라 성녀가 착하신 예수님에 대해 얘기해 줄 '사제나 형제'를 보내달라고 했을 때에도 프란체스코 성인은 지네프로 형제에게 '하느님에 대한 새로운 이야기'를 들려주라고 청했을 정도였다. 아닌게아니라 클라라 성녀는 지네프로 형제가 들려주는 기발한 하느님 얘기에 위로를 얻게 되었다.

작은 거인

라닝겐의 귀족 볼스탄트 가문의 아들로 태어난 대 알베르토 성인(1200?~1280)은 열여섯에 도미니크회에 들어갔다. 뛰어난 학문을 갖추게 된 그는 파리와 쾰른에서 가르치기도 했으며, 그곳에서 토마스 아퀴나스를 제자로 두게 되었다. 라티스본의 주교를 지내기도 했는데 이때 교황 알렉산데르 4세를 개인적으로 알현했다. 알베르토 성인이 관습대로 엎드려 입을 맞추고 일어났을 때 교황은 어서 일어나라고 일렀다.

"성하, 벌써 일어섰습니다!"

알베르토 주교가 대답하자 교황이 말씀하셨다.

"아니, 이렇게 작은 거인도 계셨구려."

벙어리 황소

뛰어난 학문으로 대 알베르토라고 불리던 알베르토 성인의 가장 뛰어난 제자는 스승과는 정반대로 제자는 거구에 훤칠한 사람이었다. 1227년 캄파니아 지방에서 가장 부유한 귀족인 로카세카 성의 영주, 아퀴노의 백작의 아들로 태어난 토마스는 세상의 영화를 버리고 도미니크회의 수도자가 되었다. 도미니크회는 청빈을 생활하는 수도회였고, '탁발 수도회'였는데 토마스 성인은 그때부터 1274년 죽을 때까지 오로지 하느님의 학문, 신학에만 몰두했다. 밤이면 더 잘 보기 위해 한 손에 촛불을 들고 책을 보곤 했는데, 얼마나 열중했는지 다 타들어간 촛불에 손을 델 때도 있었다.

토마스 아퀴나스는 학생 시절부터 고집이 세고 과묵하기로 이름 높았는데 그 때문에 동료 수사들은 그를 '벙어리 황소'라고 놀렸다. 훨씬 뒤에야 토마스 아퀴나스는 말을 많이 하지 않은 까닭을 "스승 앞에서 자신이 보잘것없다고 느꼈기 때문"이라고 밝혔다. 쾰른에서 공부할 때의 스승은 다름아닌 대 알베르토였는데, 젊은 제자의 그릇을 알아본 스승은 그에 대해 말했다고 한다.

"맞습니다. '벙어리 황소'입니다. 하지만 그의 가르침이 포효하는 소리는 온 세계를 울릴 것이고, 세상은 그 소리에 진동할 것입니다."

스승의 말은 어김없는 예언이 되었다. 토마스 아퀴나스의 성덕은 스승의 지혜에 못지 않았다. 아퀴나스는 오래지 않아 높은 지위를 얻게 되었고, 하느님과 교회에 큰 영광을 드렸고, 그의 《신학대전》은 세기를 두고 빛을 발하게 되었다.

순결한 삶과 학문의 예리함으로 '천사 박사'라고 불리던 그가 어느 날 십자가 앞에서 기도를 드리고 었었는데, 십자가 위의 예수께서 그를 향해 말했다고 한다.

"오, 토마스, 그대는 나에 대해 그토록 좋은 글을 써주었소. 그 대가로 내가 그대에게 무엇을 해주기를 바라오?"

교회 안에서 가장 뛰어난 인물로 인정받는 그가 겸손하게 대답했다.

"오, 주님. 오로지 당신만을 바랄 뿐입니다."

1274년 하늘나라로 돌아간 그는 모든 가톨릭 학교를 돌보는 주보 성인이 되었다.

겨우 그만한 일로?

빈첸소 페레리 성인이 발렌시아의 거리를 걷고 있을 때였다. 그때 어떤 집에서 저주와 독설이 들려왔다. 그리고 잠시 후 여인의 슬픈 울음소리가 들려오더니 한 여인이 문지방에 얼굴을 내밀고 숨을 헐떡이며 소리를 질렀다.

"이젠 더 못 참겠어요! 하루가 멀다 하고 남편이 손찌검이니, 지옥이나 다름없어요!"

성인이 여인에게 다가가 물었다.

"오, 부인. 진정해요. 왜 남편이 당신을 그렇게 구박하는 거요?"

여인은 고통스럽고 부끄러운 표정으로 대답했다.

"제 얼굴이 못생겼다구요!"

"아니 겨우 그만한 일로?"

말을 마칠 겨를도 없이 성인은 그 여인을 스페인에서 가장 아름다운 여자로 만들어주었다. 절색의 미녀로 바뀐 아내를 남편이 과연 알아보았을까?

이렇게 못생겼다구요?

아빌라의 테레사 성녀가 오십세가 되었을 때, 화가인 자비의 요한 수사 앞에서 포즈를 취하게 되었다. 성녀가 창설한 수도회가 창설자의 모습을 영원히 간직하고 싶어했기 때문이었다. 오랜 시간 꼼짝 않고 앉아 있던 성녀는 마침내 자신의 초상화를 볼 수 있었는데, 언제나 변함없는 그 쾌활함으로 즐겁게 평가를 내렸다.

"하느님, 요한 수사님을 용서해 주세요! 오랜 시간 꼼짝 못하게 하더니 결국 이렇게 못생긴 모습으로 그려놓았다구요!"

'착한 피포 아저씨'의 장난기

프란체스코 성인은 슬픔은 악마의 작품이라고 말했는가 하면, 세상에 슬픔이 있는 까닭은 아담과 이브가 원죄를 지은 다음 서로에게 책임을 떠넘겼기 때문이라고 하는 사람도 있다. 필립보 네리 성인은 "불안과 슬픔이여, 우리 집에서 물러가라!"고 선언했다. 인정 사정 없이 여권을 검사하는 천국의 검열관 베드로 성인은 여권에 '명랑한 성격의 소유자'라고 씌어 있지 않은 사람은 무조건 천국 문 안으로 받아들여 주지 않는다고 주장하는 사람도 있다. 1595년 필립보 네리가 천국 문 앞에 갔을 때에는 그런 문제 없이 즉시 통과할 수 있었다. 천국은 잘 웃고 쾌활한 성인에게 가장 잘 어울리는 곳이니까. 항상 쾌활한 모습만 보이는 수도자의 모습을 보면서 사람들은 실없는 사람이라고 생각했을 수도 있다. 하지만 그것은 교만한 사람들을 당황하게 하고 권세 있는 사람들의 기세를 꺾기 위한 의도적인 행동이었다. '착한 피포 아저씨'가 왜 그토록,

때로는 지나치게 보일 정도로 고위 인사들과 귀족들을 골려주었는지는 알 수 없다.

상류 사회 사람들과 권세 있는 사람들이 그를 찾아가 칭송할 때면 그는 온갖 방법을 다해 그들을 실망시키려 노력했다. 한쪽 볼은 면도를 하고 다른 한쪽은 수염을 길게 기른 채 나타나기도 했고, 사제복 위에 길다란 성직자용 외투를 뒤집어 입은 모습을 보여주기도 했다. 잔뜩 웅크린 고양이를 무릎에 앉혀놓고 건방지고 세도 당당한 손님보다는 고양이에게 관심을 기울인 적도 있었다.

지혜가 넘치는 충고를 할 때도 장난기 있는 말투나 그만의 독특한 방법으로 말하기 일쑤였다. 더욱 재미있는 것은 그가 아끼는 사람에게도 이상한 행동을 마다하지 않았다는 점이다. 언젠가는 자신의 말솜씨를 뽐내며 우쭐거리는 한 수사에게 사제들이 입는 수단을 걸치지 않고 반바지만 입은 채 설교하게 한 적도 있었다.

지나치리만치 개구쟁이가 아니었나 싶은 것이 사실이지만 그분은 결코 장난기를 누그러뜨리지 않았다. 그런 그분이 아이들을 잘 이해했던 것은 우연이 아니었다. 그분은 어린이들에게 늘 이렇게 말했다.

"할 수 있으면 착하게 생활하세요…"

할 수 없으면 어쩔 수 없지 않느냐는 이해심이 깔려 있었던 것이다.

머리는 머리고 수염은 수염이니까요

시에나의 마레토라고 하는 사람은 중개 상인일 뿐이었다. 그러나 그는 교황 바오로 3세가 기꺼이 이야기를 나누는 몇 안 되는 사람 중 하나였다. 바오로 3세는 파르네세 가문의 후손으로 트렌토 공의회를 개최하고 예수회를 승인한 분으로 예술을 사랑하여 로마를 가꾸고 베드로 대성전을 장식한 분이었다.

어느 날 바오로 3세가 마레토에게 나이가 몇이냐고 물었다. 마레토는 예순하나라고 대답했지만, 교황은 그의 말을 믿지 못했다. 그러자 마레토는 좀처럼 벗겨지지 않는 모자를 벗고 흰 머리를 보여주었다.

바오로 3세가 놀랍다는 듯이 말했다.

"아니, 수염만 보면 마흔밖에 안 된 것처럼 보이는데 이럴 수가."

마레토가 대답했다.

"성하, 놀라지 마십시오. 머리는 수염보다 최소한 이십 년은 더 나이가 먹었으니까요…"

나다! 두려워하지 말라

화가 한 사람이 레오 13세의 초상화를 그리고 싶다고 나섰는데 교황은 마음이 내키지 않았지만 승낙하고 말았다. '걸작'이 완성되자 '위대한 화가'는 초상화를 가지고 바티칸으로 가지고 가서 최종 승인을 얻고자 했다. 게다가 그림 아래에 한마디 말씀을 써넣고 싶다면서 교황께서 직접 말을 선택해 달라고 청했다.

"성하께서 직접 그림에 써넣을 말을 골라주시지요. 뭐라고 쓸까요?"

교황 레오 13세는 초상화를 자세히 살피고는 그림 안의 자신의 모습이 끔찍하다는 표정으로 웃음을 지으며 "마태오 복음 16장 27절, 레오 13세"라고 쓰라고 대답했다.

받아적은 화가는 집으로 달려와 복음에서 그 구절을 찾아보았다.

마태오 복음의 그 구절은 물 위를 걸으시는 모습을 보고 놀라는 제자들에게 예수께서 하시는 말씀이었다.

"에고 숨. 놀리테 티메레"(나다! 두려워하지 말라).

하지만… 언젠가는 사람들이 우러러보게 될 거요

1816년에 있었던 일이다. 마스타이 페레티라는 귀족 청년이 빈첸소 팔로티 신부를 만나게 되었다. 페레티 백작이 왠지 어두운 모습을 하고 있는 것을 본 팔로티 신부가 웬일이냐고 묻자 평소에 신부를 신뢰하던 귀족 청년이 고백했다. 건강이 좋지 않아 교황 근위병에 뽑히지 못해서 섭섭하다는 것이었다. 팔로티 신부는 미소를 지으며 대답했다.

"교황 근위병이라고 했소? 백작, 그것 때문에 그리도 슬퍼한단 말이오? 걱정 마시오. 당신은 언제가 '아주 높은 분'이 될 테니 말이오."

빈첸소 팔로티 신부는 뒷날 성인이 되었고, 마스타이 페레티 백작은 교황 비오 9세가 되었다.

두 번 축성된 사람

파베세의 보잘것없는 사제, 체사레 안젤리니 신부는 작은 키에 바짝 마른 몸집, 은발 머리에 우수에 찬 푸른 눈을 가진 사람이었다. 말기에는 오로지 신앙과 미사와 문학으로 살았는데 다른 사람을 도와주느라 주머니에는 땡전 한푼 없이 가난했다.

1921년 조반니 파피니는 안젤리니 신부에 대해 이렇게 평했다.

"그는 이탈리아에서 문학을 이해하는 유일한 사제로 두 번 축성된 사람이다. 인간이 되신 말씀에 자신을 바친 것이 첫번째 축성이요, 아름다움을 추구하는 인간의 언어에 헌신한 것이 두 번째 축성이다."

정직

현명하지만 진실되게

저명한 교회박사이자 알렉산드리아의 주교였던 아타나시오 성인은 아리우스파의 이단을 극렬하게 반대한 대가로 이집트 전역에 수배되었다.[1] 어느 날 아타나시오 성인이 배를 타고 나일강 줄기를 따라 거슬러 올라가고 있었는데 병사들이 탄 배가 뒤를 쫓아왔다. 병사들이 그를 향해 소리쳤다.

"아타나시오를 보았소?"

"예, 그렇소만…"

"멀리 갔는가요?"

---

1) 아리우스에 의해 시작된 아리우스파는 그리스도의 신성을 부인했는데, 아리우스파 사람들은 동로마 제국과 결탁해서 아타나시오 성인을 박해했다.

현명하지만 진실되게

"아니오. 아주 가까이 있어요. 힘껏 노를 저으면…"

그가 바로 아타나시오라고는 생각지도 못한 병사들은 반대 방향으로
빠른 속도로 미끄러져갔다.

실수하셨습니다

가난한 과부가 알레산드로 파르네세 추기경에게 방세를 낼 수 있게 5
스쿠도만 달라고 부탁했다. 추기경은 그 자리에서 교환권을 하나 써주면
서 경리에게 가서 돈과 바꾸라고 했다. 교환권을 받아본 경리는 과부에
게 50스쿠도를 내주었다.

"5스쿠도만 달라고 했는데 어째서 50스쿠도를 주시는 거지요?"

과부의 말에 경리가 대답했다.

"여기에는 50스쿠도로 씌어 있소."

과부는 즉시 추기경에게 달려갔다.

"추기경님, 0을 하나 잘못 쓰셨어요."

"그래요? 정말 그랬군요."

추기경은 자신의 실수를 인정하면서 교환권을 달라고 하더니 상으로
'0'을 하나 더 넣어 500스쿠도로 고쳐주었다.

진실과 정의 모두 좋지만…

어느 날 요안나 드 샹탈 성녀가 자신의 영성 지도자인 프란체스코 드
살 성인에게 고백했다.

"신부님, 어떤 사람에게 거칠게 말했습니다. 하지만 그것은 정의와 진

리를 사랑하기 때문이었습니다."

성인이 미소를 지으며 대답했다.

"좋습니다. 수녀님은 선행보다는 정의를 선택했군요. 하지만 정의보다는 선행을 선택해야 합니다."

거짓말도 상대에 따라

마거리트 마리아 알라콕은 1647년 7월 22일 부르고뉴에서 태어났다. 파레르모니알의 성모 방문 동정회의 수녀가 된 성녀는 예수 성심에 대한 신심으로 유명했다. 예수 성심을 향한 사랑으로 소진한 성녀는 1690년 10월 17일에 죽기 며칠 전 자신의 죽음을 예언했다. 하지만 의사는 다시 회복되리라고 하면서 그를 안심시키려고 했다. 그러자 성녀가 농담을 하며 말했다.

"다른 사람이라면 모르지만 수녀에게까지야 거짓말할 필요가 있나요?"

무슨 일이 있어도 굽힐 수 없는 정직

무식한 시골 소녀인 베르나데트 수비루는 거짓말을 한다며 루르드의 동굴로 가지 못하게 막는 경찰서장을 곤란하게 만들었다. 누구보다도 자기 자신이 거짓말을 하지 않는다는 것을 아는 베르나데트는 도무지 그의 말을 듣지 않았다. 정해진 날에 성모님이 발현하는 것은 거짓이 아니기 때문이었다.

"저는 안 갈 수 없어요. 간다고 약속을 했거든요."

"널 바로 감옥에 집어넣을 거야."

경찰서장은 짐짓 화난 표정을 지으며 협박하기도 했지만 베르나데트는 굽히지 않았다. 하지만 미소 띤 얼굴에 눈을 깜빡이며 결론을 내렸다.

"감옥이 낫겠어요. 그러면 우리 집에 절약이 될 거니까요."

옆에 있던 본당 신부를 돌아보며 한마디 덧붙였다.

"신부님, 제게 교리를 가르쳐주시러 오실 거죠?"

사람은 누구나 자기 양심대로 행동한다

"온 세상의 노동자들이여, 그리스도 안에서 일치하자"고 부르짖은 위대한 사회학자 주세페 토니올로는 1907년 '이탈리아 가톨릭 신자 사회 주간'을 제안했다. 한 해 동안 강연과 회의 등을 주기별로 열어서 노동자, 학교, 가정, 문화, 사회 공동체의 결속 등을 시도함으로써 이 분야의 연구에도 많은 결실을 맺었을 뿐 아니라 모든 이탈리아 가톨릭 신자들의 의식을 성숙시키는 데에도 많은 공헌을 했다. 인간을 첫째 자리에 두는 이러한 가톨릭 사회 운동으로 그는 두드러진 학자로 기억되게 되었다.

40년 동안 피사 대학에서 가르치는 동안 토니올로 교수는 선함과 단순함, 과학자에 걸맞는 엄격함과 섭리에 대한 신뢰를 결코 저버리지 않았다. 신분에 걸맞게 시종일관 자신의 본분에 충실했다.

언젠가 한 학생이 시험을 치르는데 누가 보아도 철저히 준비하지 않은 것이 분명했다.

"솔직히 말해 보게. 학생은 공부를 하지 않은 것 같네."

학생이 대뜸 대답했다.

“하지만 교수님은 좋은 분이시니까…”

하지만 토니올로 교수는 자신의 태도가 비교육적인 방향으로 흐르는 것을 용납하지 않는 사람이었다. 학생에게 낙제 점수를 주며 말했던 것이다.

“내가 마음이 좋은 사람이라는 걸 다음 학기에 한번 더 경험해 보게나.”

하지만 토니올로 교수는 도움이 필요한 사람에게는 기꺼이 다가가는 사람이었다. 언젠가 갖가지 정당한 방법으로 도움을 준 한 학생이 충분한 준비 없이 시험에 응했는데, 신심이 깊은 토니올로 교수에게 둘러댔다.

“하느님의 섭리가 도와주시겠지요…”

하지만 토니올로 교수는 단호하게 말했다.

“하느님의 섭리께서 다음 시험에 도와주실 걸세. 자네가 본분에 맞게 열심히 공부하면 말일세.”

우연의 일치

교황 요한 23세가 레지나 첼리 감옥에 갇혀 있는 죄수들을 찾아갔을 때였다. 교황은 이렇게 입을 열었다.

“제 친척 중 한 사람도 감옥에 있었습니다. 허락 없이 사냥을 했기 때문이었지요.”

그 말 한마디로 냉랭한 분위기는 깨어졌고, 친절한 태도와 깊은 이해심에 죄수들은 교황께 큰 애정과 호감을 갖게 되었다.

혀를 조심하라!

조롱은 그만

로마 시대의 젊은이 테오필로는 사형대로 나가는 순교자들을 조롱하고 있었다. 자기 앞을 지나 교수대로 끌려가는 젊은 여인 도로테아를 향해서도 마찬가지였다.

"그리스도의 신부야, 내게 장미꽃을 보내주라구! 제발 부탁이라니까!"

도로테아는 그러마고 약속했고, 교수형에 처해진 순간 수많은 장미꽃이 하늘에서 내려왔다. 악의에 찬 농담을 뱉었던 테오필로는 눈앞에 벌어진 기적에 돌처럼 굳어졌고, 믿음을 받아들이고 신자가 되었다. 그리고 '순교자 테오필로'가 되었다. 주님께서 '농담'을 통해 그를 '부르셨던' 것이다. 게오르게스 베르나노스의 말처럼 과연 '모든 것이 은총'이었던 것이다.

닭의 깃털과 입안의 물

한도 끝도 없는 저 필립보 네리 성인의 또 다른 일화 한 토막.

남의 말 하기를 좋아하는 여자 하나가 좋지 않은 소문을 퍼뜨린 일을 후회하며 필립보 신부에게 자신의 잘못을 보상하려면 어떻게 해야 하느냐고 물었다. 성인이 점잖게 충고했다.

"닭을 한 마리 잡아 깃털을 뽑은 다음 로마 거리에 그 깃털을 뿌리시오. 그리고 다시 내게 오면 그때 말해 주겠소."

여인은 즉시 돌아가 로마 거리에 닭의 깃털을 뿌린 다음 사제에게 돌아왔다. 그러자 필립보 신부가 대답했다.

"이제는 가서 뿌린 깃털을 거두어오시오."

하지만 그것은 불가능한 일이었다. 성인의 가르침을 깨달은 여인은 그때부터 몇 번이고 생각한 다음이 아니면 입을 열지 않았다.

또 다른 말 많은 여인이 '착한 피포 아저씨'를 찾아갔다.

"저와 남편은 도무지 의견이 맞지를 않아요. 아무것도 아닌 일로 싸우기 일쑤예요. 싸움만 했다 하면 그 사람은 저를 때리기 시작하고, 저는 마구 소리를 지르지요. 그러면 이웃 사람들이 몰려오구요. 정말 지옥 같아요. 지옥이구말구요. 신부님, 어쩌면 좋죠?"

"부인, 두 사람에게 딱 맞는 약이 있습니다. 기적의 특효약이요, 만병통치약입니다. 자, 여기 이 병을 가져가세요. 남편이 시비를 걸어오면 한 모금씩만 들이키세요. 하지만 즉시 삼키지는 말고 잠시 입에 머금고 있어야 합니다. 말다툼이 시작될 때마다 그렇게 하세요. 반드시 효과가 있을 겁니다."

며칠 뒤 여인이 빈 병을 들고 돌아왔다.

"필립보 신부님, 신부님 말씀대로예요! 정말 효과가 있더라니까요. 제 남편은 아직 싸움을 걸어오지만 저는 깨끗이 나았어요. 그 약을 조금만 더 주시겠어요!"

"물론 그러지요."

'착한 피포 아저씨'는 미소를 머금었고, 우물에서 길어온 깨끗한 물을 병에 가득 담아주었다.

성인들의 저주

필립보 네리 성인은 자기처럼 명랑하고 익살맞고 때로는 기인에 가까운 사람들과 마음이 통했다. 아브루조 출신의 펠리체 같은 사람이 그런 사람으로 펠리체와는 죽이 잘 맞았다. 이 사람은 카푸친회의 평신도 회원으로 촌스러우면서도 천사 같은 행실로 그 회에서 가장 먼저 성인이 된 사람이다. 작달막한 키에 힘이 센 펠리체는 원래 마부였는데 뒤에는 수도회를 위해 탁발하는 일을 맡고 있었다. 온 로마 거리를 흥겹게 휘젓고 다니며 돈을 모금하고 나누어주는 일을 했는데 필립보 신부를 만나면 기꺼이 '거짓 저주'를 주고받곤 했다.

필립보 신부는 그를 보면 대뜸 말하곤 했다.

"자네가 화형당하는 꼴을 언제나 보게 될는지…"

그러면 아브루조 말투와 로마 억양이 뒤섞인 펠리체의 대꾸가 뒤따랐다.

"그러기 전에 내가 먼저 신부님을 처치할걸요."

어느 날 두 사람이 우연히 모여든 사람들 앞에서 대결하게 되었다.

먼저 펠리체가 필립보 신부에게 포도주 한 병을 건네며 선제 공격을 했다.

"신부님이 얼마나 극기를 잘하는지 한번 볼깝쇼?"

필립보 신부는 사람들이 마구 웃어제치건만 눈도 끔쩍 않고 포도주 병을 입으로 가져갔다. 그러고는 자신의 사제관을 펠리체의 머리에 눌러주며 말했다.

"자, 이제는 자네가 얼마나 극기를 잘하나 볼까나? 어디 그 모자를 눌러쓰고 탁발을 해보시지."

한 사람은 손에 술병을 다른 사람은 커다란 사제관을 쓰고 나란히 사람들 사이로 걸어가는 모습은 참으로 볼 만한 광경이 아닐 수 없었다. 하지만 서로를 향한 두 사람의 평가는 대단했다. 언젠가 펠리체가 필립보 신부를 보고는 축복해 달라며 무릎을 꿇었을 때였다. 필립보 성인은 축복을 해주기는커녕 그의 옆에 나란히 무릎을 꿇고 앉아 함께 기도를 드렸다.

혀와 맺은 약속

제네바의 주교였던 프란체스코 드 살은 말했다.

"내가 다른 사람의 나쁜 행동을 믿는 데에는 백 사람의 증인으로도 부족하지만 다른 사람을 좋게 말하는 것을 받아들이는 데에는 단 한마디 말로도 충분합니다."

아닌게아니라 그분은 모든 일에서 긍정적인 면만 보려고 노력했다. 그럼에도 불구하고 그는 대단히 다혈질적인 사람이었는데 무언가 마음에 들지 않은 일이 있으면 설교대에서도 뇌성벽력 같은 소리를 지르곤 했다. 언젠가 설교중에 한 말로 마음이 상한 사람이 주교관의 창문 아래에서 얼마나 소란을 피웠는지 많은 사람들이 몰려와 웅성거리며 구경하기에 이르렀다. 하지만 살레시오 주교는 입을 다물고 아무 말도 하지 않았다.

주교님을 아끼는 사람들이 한마디했다.

"저 사람 너무하는데요. 주교님, 인내심을 가져야 한다는 것은 알지만 저런 사람을 그냥 두어서는 안 됩니다."

살레시오 주교는 한동안 미소를 짓더니 이윽고 설명했다.

"내가 침묵을 지킬 수 있었던 데 대해 하느님께 감사드립니다. 나는 제 혀와 약속했지요. 마음이 격해졌을 때에는 혀가 침묵을 지켜야 한다고 말입니다. 마음이 평온할 때에만 말하기로 말입니다. 그런데 분명히 말하지만 아까는 도무지 평온하지가 않았거든요."

이처럼 일생 동안 자신의 혀와 급한 성미에 대항해서 싸우는 동안 프란체스코 드 살은 '부드러운 성인'이 될 수 있었다.

세상에 피로를 모르는 유일한 것

"때로 나는 하느님이 정의롭다는 말을 의심하게 됩니다."

아데나워가 어느 날 뱉은 말이었다.

"몸의 다른 부분은 모두 피곤해지지만 혀는 그렇지 않습니다. 이것은 부당한 일입니다."

좀더 명백히 말해서 그는 혀보다는 기자들의 펜에 대해 불평해야 옳을 사람이었다. 언젠가는 전 세계의 기자들과 회견하던 도중 이렇게 말한 적도 있었다.

"저에 대해서는 진실만 써주세요. 그러면 여러분들은 좋은 얘기만 쓰게 될 겁니다."

1959년 큰 병을 앓고 난 뒤, 어떤 기자가 끈질기게 그의 건강에 대해 알아내려고 했는데, 그때 그는 자신의 비서들에게 이렇게 말했다.

"그 사람에게 나를 어제 장사지냈다고 말해 주시오. 이것은 아직 아무도 모르는 일이니 특종 중에 특종이 될 게 아니겠소?"

이 끔찍한 혀!

오리오네 신부는 여행을 많이 한 사람이었는데, 로마에 들를 때면 자신이 설립한 단체에서 운영하는 기숙사에서 묵었는데, 이곳에는 삼십여 명의 젊은이들이 생활하고 있었다. 당시 그에게는 이미 많은 후원자들이 있었는데, 그런 경우 그는 후원자들에게 감사를 드리는 일을 소홀히 할 수 없었다. 여러 사람을 맞아들여야 했고, 때로는 마음이 내키지 않는 때에도 사람들과 어울려야 했다. 하지만 특별히 재기가 돌 때나 분위기가 되면 뼈 있는 말을 흘리기도 했다. 어느 날 저녁 음식을 들면서 이런 저런 얘기를 나눌 때였다. 젊은이들 중 누군가가 오리오네 신부가 음식을 들지 않고 이야기만 하고 있다는 것을 깨닫고 한마디했다.

"원장님, 안 드세요?"

"응, 먹어야지. 먹어야지. 오늘 저녁 친구 집에 단식을 하도록 초대받아 놔서!"

암탉처럼 오들갑스런…

남을 험구하는 말은 별것 아닌 것처럼 생각될 수도 있다. 하지만 쓸데

없는 험담은 때로 남에게 상상할 수 없는 손해를 끼친다. 카파소 신부는 말하곤 했다.

"여러분이 다른 사람에 대해 이야기하는 것처럼 다른 사람들이 여러분에 대해 이야기해도 좋겠습니까? 남을 헐뜯는 말은 마치 암탉 한 마리가 꼬꼬댁 소리를 지르는 것과 마찬가지입니다. 다른 암탉들까지 모두 한꺼번에 꼬꼬댁거리니까요."

카파소 신부의 말은 오늘에도 적용되는 말이다. 한 젊은이가 자신의 영적 지도 신부에게 고백했다.

"신부님, 저는 닫힌 성격입니다. 말도 잘 못하구요. 재치 있는 말을 할 줄도 모르구요. 그러니 말실수를 하지 않으려면 어떻게 해야 하는지 말씀해 주세요."

"그야 간단하네. 입을 다물고 있는 거지."

남을 아끼고 사랑하는 마음

똑같은 대우

이집트의 알렉산드리아에 부자 상인이 하나 있었는데, 신자로서 지켜야 할 본분에 충실한 사람이었다. 하지만 그 사람은 다른 사람을 용서하는 데에는 인색했다. 특별히 사업상 약속을 어긴 경쟁자에게 심한 증오심을 가지고 있다는 것은 모르는 사람이 없을 정도였다. 이 사실을 알게 된 알렉산드리아의 주교, '자선가 요한'까지 나서서 부자 상인을 다독거려 보았지만 허사였다. 경쟁자에게서 받은 배신감이 큰 데다가 상대방이 후회를 하기는커녕 오히려 그 일을 자랑스레 떠벌리고 다니기 때문이었다.

다음날 자신의 미사에 초대받은 부자 상인은 주교님이 집전하는 전례에 정성스레 참여하고 있었다. '주의 기도'를 드릴 때였다. 주교로부터 미리 얘기를 들은 신자들은 한순간 모두 입을 다물었고 부자 상인의 목소리만 성당 안에 울렸다.

"저희에게 잘못한 이를 저희가 용서하듯이 저희 죄를 용서하시고…"

그러자 주교가 고개를 돌려 상인을 보고 크고 명백한 소리로 단호하게 말했다.

"하느님께서 자네 방식대로 용서하는 분이라면 자네는 곤경에 빠지고 말걸세."

부자 상인은 결국 주교의 말을 이해하고 경쟁자를 용서했다.

용서하는 기쁨

아벨리노의 안드레아 성인의 일생은 애덕에 빛나는 삶이었다. 안드레아 성인은 늘 웃으며 말했다.

"단식이 용서만큼 쉬운 일이라면 얼마나 좋을까!"

어느 날 자신에게 심한 무례를 범한 사람에게 솔직한 마음으로 쏘아 붙였다.

"나는 지금까지 항상 자네를 위해 기도했네. 하지만 오늘부터 다시는 자네를 기억하지 않기로 했네!"

좋은 면만 보기

한 가정의 어머니인 안나 마리아 타이지는 1806년 5월 29일 시에나에서 태어나 로마에서 살다가 1837년 6월 2일 로마에서 죽었다. 1920년 5월 30일 교황 베네딕트 15세에 의해 복자품에 올랐는데, 일상의 조그만 일에서 고행하거나 가정을 가꾸고 사랑하는 평범한 일을 통해서 성녀가 되었다. 특별한 은총이나 환시를 보게 되면 하늘을 향해 기도를 드리곤 했다.

"주님, 저를 제발 평화롭게 놓아주세요. 제겐 할일이 너무 많아요. 제가 많은 아이를 돌보아야 하는 가정 주부라는 건 주님도 잘 아시잖아요?"

그녀의 특별한 점은 모든 일에서 좋은 면을 볼 줄 아는 능력이었다. 그녀는 병 때문에 집안일을 가정부에게 맡겨야 했는데, 그 가정부는 온갖 크고 작은 사고를 저지르곤 했다. 어느 날 가정부가 부주의하게 식탁을 치우다가 값 나가는 그릇을 산산조각내 버렸다. 거듭되는 실수에 지칠 대로 지쳤건만 안나 마리아는 가정부를 위로했다.

"어쩌겠어요. 그릇 만드는 사람들이 알면 좋아하지 않겠어요? 그 사람들도 먹고살아야지요…"

베르나르디노의 연가

여섯 살에 부모를 잃고 고아가 된 베르나르디노는 고모인 피아와 바르톨로메아 밑에서 사촌 누이인 토비아와 함께 자라났는데, 고모들과 사촌 누이는 베르나르디노를 극진히 보살폈다. 그런데 문제는 베르나르디노가 열여덟 살이 되었을 때였다. 여느 청소년들처럼 사춘기에 들어선 소년이 어느 날 백팔십도로 바뀌었기 때문이다. 고모들은 베르나르디노를 걱정하기 시작했고 나쁜 길로 들어서거나 행실이 좋지 않은 여자에게 빠지지나 않을까 전전긍긍했다. 언제부터인가 베르나르디노가 무엇엔가 홀린 듯 들뜬 모습이 역력했기 때문이었다.

"쾌활하고 명랑하고… 그래 모두 좋아. 네 나이도 이젠 한창때이고 꿈도 많은 때니까, 하지만…"

"명랑한 것이 죄는 아니잖아요?"

베르나르디노를 변호하기는 했지만 다른 고모도 걱정스럽기는 마찬가지였다. 사촌 누이의 눈에도 베르나르디노는 정상이 아니었다.

"나도 베르나르디노는 잘 알아요. 하지만 요즘은 제정신이 아닌 것 같아요. 조금 지나치다니까요. 하루종일 기타를 치면서 노래만 부른다니까요. 어제는 뭐랬는지 아세요? 자기가 사랑에 빠졌대요."

"세상에 하나밖에 없는 그녀를 위해 온 일생을 바치고 싶다는 거예요. 세상에 하나밖에 없는 여인이라고 했어요!"

베르나르디노가 날마다 해질 무렵이면 기타를 메고 어디론가 사라지곤 했기 때문에 고모들은 어느 날 사촌 토비아에게 그를 뒤쫓아보라고 말했다.

토비아는 살금살금 뒤를 밟기 시작했고, 시에나 성밖으로 나가는 카몰리아 문밖에까지 따라나갔다. 하지만 성밖의 한 모퉁이에 이르자 눈이 동그래지고 말았다. 베르나르디노가 모퉁이에 모셔져 있는 그림 앞에 서서 기타를 치며 노래를 부르기 시작했던 것이다. 세상에서 가장 아름답고 착한 여인, 성모님에게 세레나데를 부르기 시작했던 것이다.

성인들은 사랑을 이해하는 사람

인간적인 사랑에 대해서도 마찬가지이다. 프란체스코 드 살의 수행원 중 한 사람이 정직하고 매력 있고 부유한 한 여인에게 사랑을 느끼게 되었다. 과부임에도 불구하고 그 젊은이는 그 여자와 결혼하고 싶어했

베르나르디노의 연가

다. 사랑을 어떻게 표현해야 할지 몰라 망설이던 청년은 편지를 쓰기로 했다.

프란체스코 파브레 청년이 구애의 편지를 쓰고 있을 때, 프란체스코 드 살 주교가 방으로 들어왔다. 청년은 재빨리 편지를 감추려 했지만 눈에 띄고 말았다.

"프란체스코, 쓰고 있는 게 뭔가?"

잠깐의 망설임 끝에 청년은 클라벨 부인에게 청혼의 편지를 쓰고 있노라고 고백하면서 편지를 보여주었고, 대충 훑어본 주교는 고개를 저으며 말했다.

"자네는 뭘 모르는군!"

의자에 앉은 주교는 상황에 맞는 편지를 써서 건네주며 일렀다.

"그대로 다시 써서 서명을 해서 보내게. 모든 일이 잘 될 걸세."

프란체스코 바프레는 주교의 말대로 했고, 구혼의 편지에 감동한 과부는 살레시오 성인에게 자문을 구하러 달려왔다. 두 사람이 하느님과 주교의 축복을 받으며 결혼에 이른 것은 두말할 필요도 없다.

우아한 거절

젊은 줄리아 포스텔은 매력이 넘치는 모습으로 많은 남자들의 관심을 끌었다. 그녀에게 관심을 보인 사람은 한둘이 아니었지만, 그 중에서도 무슨 일이 있어도 결혼하고자 한 남자가 있었다. 하지만 아홉 살에 주님을 위해 평생을 바치기로 결심한 줄리아 포스텔은 그 사람뿐 아니라 어떤 남자와도 결혼하려고 하지 않았다. 자신의 생각이 명백했음에도 불구하고 줄리아 포스텔은 청년의 마음을 다치지 않으려는 생각에 냉정하게 거절하지는 않았다. 언제나 미소를 지은 얼굴로 대답하곤 했다.

"오늘은 안 돼요. 내일이면 또 모르지만요."

바라는 '내일'은 결코 오지 않았다. 긍정적인 대답도, 그렇다고 차가운 거절도 없는 날이 계속되었고, 청년은 결국 그녀가 수녀원에 들어가기로 했다는 것을 듣게 된 다음에야 그녀의 배려를 깨닫게 되었다. 수녀원에 들어가 막달레나 수녀가 된 줄리아는 성녀 막달레나 포스텔이 되었다.

같은 말만 되풀이한다구요?

텔레비전을 통해 수많은 사람에게 설교를 하기도 한 미국의 유명한 주교 풀톤 쉰 몬시뇰이 뉴욕에서 감동적인 모임을 끝냈을 때 아름다운 한 아가씨가 그에게 다가와 말을 걸었다.

"안녕하세요, 주교님. 하지만 가톨릭은 너무 형식적인 종교 같아요. 묵주 기도만 보아도 언제나 같은 기도만 되풀이하잖아요? 같은 말만 건조하게 되풀이하는 건 아무 의미도 없어요."

아가씨와 애기를 나누고 있을 때 한 청년이 다가왔고, 주교는 아가씨에게 누구냐고 물었다.

"이 청년은 누구지요?"

"제 약혼자예요. 왜 물으시는 거죠?"

"혹시 약혼자에게 사랑한다는 말을 해본 적이 있나요?"

"그럼요, 당연히 했죠."

"일주일 전에도 했고, 이틀 전이나 어쩌면 엊저녁에도 사랑한다는 말을 했을지 모르겠군요?"

"그럼, 당연하죠."

"그러면 그렇게 똑같은 말을 오늘도 하고 어제도 했고 내일도 할 텐데, 그건 아무 의미도 없는 말이었나요?"

침묵이 무엇보다도 웅변적인 대답일 수밖에.

입맞춤 장부

한 가정의 어머니인 니나. 몇 해 전에 시복 운동이 시작된 이 카프리 여인은 특별한 사람이다. 노마델피아 공동체의 창설자인 제노 신부의 누이이기도 한 이 여인은 여섯 아이(그 중 셋이 성 바오로 수도회의 사제)의 어머니이면서도 버림받은 여자아이들을 위한 사업회를 창설했다. 이 사업회에서 보살핌을 받고 교육을 받은 다음 출가시킨 사람은 모두 백여 명에 이른다.

그렇게 보살피던 아이들이 남자를 사귀게 될 때면 그녀가 늘 주의시키는 것 중에 특별한 것이 있었다.

"사귀는 남자아이들이 입맞춤을 하고 싶어하거든 그때마다 수첩에 적어두어라. 결혼하고 나면 수첩을 꺼내 그때까지 요구했던 만큼 입맞춤을 해주렴… 큰 기쁨을 맛보게 될 거야. 예수께서도 그 희생을 축복해 주실 거구…"

유행과 근검

하이힐과 미끄럼

오늘날 수치심이란 존재하지 않는다. 부끄럼을 탄다는 것 자체를 부끄러워하는 사람들이 많다. 불행한 일이지만 유행에 관한 한 거리낄 것이 없다. 어쨌거나 여자들이 아름다워지려고 하는 노력은 수세기 전부터 아니 인류의 역사와 함께 존재했다. 필립보 네리 성인의 시대에도 마찬가지였다. 필립보 네리 성인은 육체의 유혹에 빠지지 않는 은총을 갈망하는 사람이었는데, '끈질긴 충동'을 피할 수 없는 인간이었음에도 불구하고 로마의 여인들은 바로 그 필립보 네리 성인에게 충고를 구하기를 좋아했다.

어느 날 허영심이 강한 한 여인이 그에게 질문했다.

"필립보 신부님, 굽이 높은 구두를 신는 것이 죄인가요?"

성인이 대답했다.

"넘어지지 않도록 주의하십시오."

사과를 조심하시오!

의상에 관한 일화로는 프랑스 외교가의 한 만찬에서 일어난 일을 빼놓을 수 없다. 교황 대사도 참석한 이 만찬에는 지나치리 만치 야한 복장을 한 대사 부인이 있었다. 입장이 곤란해진 교황 대사는 모른 척할 수도 없고, 그렇다고 소동을 일으킬 수는 더더욱 없었다. 결국 부인에게 잘생긴 사과 하나를 건네주었다.

대사 부인은 교황 대사에게 감사의 인사를 할 수밖에.

"감사합니다. 하지만 왜 지금 이 사과를 먹어야 하는 거죠?"

"아주 간단합니다. 이브도 사과를 먹은 다음에야 자신의 처지를 알고 부끄러워했으니까요… 몸을 좀 가리시지요."

교황 대사는 나중에 다름아닌 교황 요한 23세가 되신 분이었다.

수호 천사, 비오 신부님

한 처녀가 나폴리에서 폼페이로 기차 여행을 하게 되었는데 청년들이 추근거리는 바람에 여간 불편하지 않았다. 다행히 열차 검표원이 들어와 처녀 옆에 앉더니 목적지까지 자리를 뜨지 않았다.

며칠 뒤 그 처녀는 성 조반니 로톤도 성당에 가 카푸친회의 한 신부님 앞에 앉아 푸념을 털어놓았다. 비오 신부였다.

"신부님, 요즘 젊은이들은 너무나 타락했어요."

신부가 미소를 지으며 대답했다.

"며칠 전 기차에서 검표원 노릇을 한 사람이 바로 나인데, 내게 그런 말을 하는 거예요?"

악과 사탄

"악마처럼 무섭게 생긴 사람."

"악마는 화가들의 그림에 나타나는 모습처럼 무섭게 생기지 않았다."

하느님과 인간의 원수인 사탄에 대한 묘사는 참으로 많다. 그러나 가장 교묘한 사탄은 자신의 모습으로 나타날 때가 아니라 사람의 탈을 쓰고 천진하고 매력적인 모습으로 나타날 때이다. 사탄은 세상에 악마가 존재하지 않는다는 믿음을 갖게 하는 것만큼 좋은 수확은 없다는 것을 잘 알고 있기 때문이다.

샤를 보들레르는 "사탄의 가장 뛰어난 술수는 사탄이 존재하지 않는다고 믿게 하는 것"이라고 말했다.

태만하지 않도록 주의하라

젊은 은수자가 수도원장을 찾아가 아무리 기도를 하고 묵상을 하고 일과 고행을 해도 불순한 생각이 끊이지 않는다고 하소연했다. 원장은 그에게 일을 바꾸거나 새로운 것에 관심을 가져보라고, 그리고 평소에 쓰던 돗자리를 바꾸어보라고 충고했다.

젊은 수도자는 이상한 충고라고 생각했지만 즉시 일에 착수했다. 하루 종일 일을 해서 새로 만든 돗자리를 원장에게 보여주었다. 하지만 새로 만든 돗자리를 깔고 앉았는데도 다음날 다시 좋지 않은 생각이 되살아났고 결국 다시 원장을 찾게 되었다.

"신부님, 아직도 사탄이 저를 괴롭힙니다. 도대체 어떻게 해야 할까요?"

"오, 그래요? 그럼 또 새로운 모양의 돗자리를 만들어보세요."

그런 일이 한참이나 되풀이되었고, 젊은 은수자의 손에서는 새로운 모양의 돗자리가 끊임없이 만들어졌건만 사탄의 농간은 끊이지 않았다. 하지만 원장의 충고는 언제나 변함이 없었다.

"힘을 내서 또 새로운 돗자리를 만들게나."

오래지 않아 은수자의 거처는 온갖 모양의 돗자리로 가득 메워지게 되었고, 훌륭한 돗자리에 신이 난 젊은 은수자는 점점 흥미를 가지고 돗자리를 만들게 되었고, 드디어 지친 사탄은 항복하고 말았다.

"이 젊은이는 어쩔 도리가 없어. 즐거운 생각에 사로잡혀 있는 데다 저녁이 되면 지친 몸으로 바로 잠에 떨어지니… 하느님을 생각할 때나 기도를 드릴 때, 그리고 일을 할 때도 언제나 신이 나 있으니 이젠 도리가 없지."

문은 하나만 있는 것이 좋다

자신에게는 아무런 유혹도 없다고 생각하는 한 젊은 수도자에게 나이 많은 형제가 말했다.

"자네는 마치 네 벽이 모두 뚫린 집 같네. 누구든 마음만 먹으면 자네 몰래 집 안으로 들어올 수 있단 말일세. 하지만 문 하나만 있는 집에 살고 있다고 생각해 보게. 그 문만 잘 지키면 안으로 들어오려고 하는 사람이 모두 친구만은 아니라는 걸 알게 될걸세. 수많은 재능이 모두 하느님께로 자네를 데려가는 건 아니라는 말이네."

젊은 수도자는 충고의 의미를 깨달았다. 진정한 적은 사탄이요, 수많은 문을 열어놓으면 사탄의 유혹이 어느 방향에서든 들어올 수 있다는 것을.

으르렁거리는 사자

사탄은 잠시도 쉬지 않고 삼켜버릴 대상을 찾는다. 어떤 강가에 나이 많은 한 은수자가 살고 있었다. 어느 날 갑자기 몰아치는 폭풍우를 피해 동굴 안으로 몸을 피했는데, 침입자를 향해 으르렁거리는 사자와 맞닥뜨리게 되었다. 사자가 은수자에게 다가와 탐욕스런 입을 벌렸다. 하지만 은수자는 두려워하기는커녕 당당하게 말하기 시작했다.

"어찌 그리 사납게 구는고? 동굴은 모두의 것이야. 구석에 조용히 있고 싶지 않으면 나만이라도 조용히 내버려두라구! 입구는 저쪽이니까!"

나약한 늙은이의 용기를 인정하고 싶지 않은 사자는 동굴 밖으로 나가 쏟아지는 빗줄기를 고스란히 맞았다.

여기가 아니라 저 위에서

한 은수자가 여러 해 동안 은거하면서 고독한 고행을 했음에도 불구하고 그는 끊임없이 유혹에 시달렸다. 어느덧 금방이라도 사탄과 대면할 수 있을 정도로 많은 유혹의 경험이 있었던 터라 그 유혹을 거뜬히 이길 수 있었을 뿐 아니라 때로는 사탄과 장난을 할 수 있을 정도였다. 거듭되는 실패에 마음이 상한 사탄이 어느 날 변장을 하고 또다시 유혹했다.

사탄의 부드러운 음성이 들려왔다.

"나는 네가 여러 해 동안 봉사해 온 예수다. 어서 나를 보아라. 영광스러운 내 모습을 보아라."

하지만 경건한 은수자는 그 모습을 보지 않으려고 눈을 감았다.

"아니, 그대는 그대의 주님 앞에서 눈을 감는가?"

그러자 은수자는 자신과 온 인류의 원수인 사탄을 향해 대답했다.

"고맙습니다. 하지만 그건 중요하지 않습니다. 지금이 아니라 저 높은 곳으로 갔을 때 하느님을 뵙고 싶으니까요. 지금은 그저 믿음으로 가까이 느끼는 것으로 충분합니다."

옆 사람을 보시오…

이미 여러 번 소개한 시에나의 베르나르디노 성인(1380~1444)은 말더듬이였음에도 불구하고 당시 가장 위대한 설교가였다. 의지의 힘으로 말을 더듬는 습관을 고치고 사람들 앞에서 수줍음을 타지 않게 되었다.

베르나르디노는 사람들을 끌어모으는 마법을 지니고 있었고, 모여든 사람들은 그의 특별한 설교를 듣고 넋을 잃곤 했다. 언젠가 페르지아에서 그는 사탄의 모습을 보여주겠다고 공언했다. 사람들은 여느 때보다 더 호기심에 차 광장으로 모여들었다. 열심히 설교하던 대담한 프란체스코회의 수사는 한순간 선언했다.

"이제 여러분에게 사탄을 보여주겠다는 약속을 지키겠습니다. 각자 자기 옆에 있는 사람을 돌아보십시오…"

웃음을 터뜨리기는커녕 사람들은 전율을 느꼈다. 대단한 가르침이 아닐 수 없었다.

그렇게 해서 성인은 카드를 만들어 파는 사람들에게 원한을 품고 있던 많은 시에나 사람들의 양심을 뒤흔들어 놓았던 것이다. (당시 카드 놀이 때문에 많은 사람들이 타락하고 수많은 가정이 파탄에 이르곤 했다.) 생계에 위험을 느낀 카드 생산업자들은 당연히 베르나르디노 성인에게 좋지 않은 감정을 갖게 되었는데, 어느 날 그들 몇 사람이 그에게 항의하기에 이르렀다.

"수사님, 당신 때문에 우리는 굶어죽게 되었소."

베르나르디노 성인은 껄껄 웃으며 아무 대꾸도 하지 않았다. 그야말로 누워서 침 뱉기요, "악으로 모은 살림 악으로 망한다"는 것을 누구보다 잘 알고 있기 때문이었다.

천국은 당신의 것입니다

이미 잘 알다시피 필립보 네리 성인은 기쁘게 사는 것을 좋아했다. 따라서 심각한 얼굴로 고행하는 사람들을 좋아하지 않았다.

어떤 수도원에 아주 세심하고 심각한 표정의 수녀가 있었는데, 이 수녀는 자신이 죄인이라는 생각에 쉽게 눈물을 흘리고 쉽게 절망에 빠지곤 했다. 어느 날 그 수녀를 찾아온 필립보 성인이 수녀원 입구에서부터 큰 소리로 외쳐대는 것이 아닌가.

"스콜라스티카 수녀님, 천국이 바로 수녀님의 것입니다."

눈물이 글썽한 모습으로 나타난 수녀가 자신을 위로해 달라고 애원했다. 그러자 '착한 피포 아저씨'는 단도직입적으로 물었다.

"어디 한번 대답해 보세요. 우리 주님께서는 누구를 위해 돌아가셨지요?"

수녀가 즉각 대답했다.

"죄인을 위해서지요."

"수녀님께서는 죄인이신가요?"

"네, 신부님. 가장 큰 죄인이에요."

수녀는 또다시 눈물을 죽죽 흘렸다. 그러자 필립보 성인은 수녀를 향해 말했다.

"그렇다면 이젠 울음을 그쳐야 할 때입니다. 예수 그리스도께서 바로 당신을 구원하기 위해, 당신을 위해 돌아가셨으니 천국이 바로 수녀님 것이니까요."

그리하여 농담하기 좋아하는 신부는 그 영혼을 번민에서 벗어날 수 있도록 치유해 주었다.

하늘로 가는 길

"애야, 아르스로 가는 길이 어느 쪽인지 아니?"

젊은 요한 비안네 신부가 어린아이에게 본당 신부로 임명된 작은 마을로 가는 길을 물었다. 당시 아르스는 신앙심이라고는 없을 뿐만 아니라 신앙 생활에 관심조차 없는 작은 마을이었다. 앙트완 기브르라고 하는 이 어린 목동은 아르스로 가는 길을 가르쳐주었고, 뒤에 아르스의 성인 된 젊은 사제는 어린아이에게 약속했다.

"아르스로 가는 길을 가르쳐주었으니 나는 네게 하늘로 가는 길을 가르쳐줄게."

이 보잘것없는 사제는 그 뒤 일생 동안 그 길을 가르치는 데에 헌신했다. 어린 목동을 만났던 아르스 근교의 그 장소에는 그때의 만남을 기억하는 작은 비석이 서 있다. 어린아이에게 했던 약속은 수많은 사람에게 되돌려졌다.

성인이 늘 되풀이하는 말이 있었다.

"오, 착하신 하느님. 오 마음씨 좋은 하느님…"

"단 한 시간의 참을성을 지니는 일이 일주일의 단식보다 낫습니다. 천국에 가는 것보다 지옥에 가는 일이 훨씬 더 힘듭니다."

천국으로 가는 길에 관한 한 요한 비안네 성인은 참으로 많은 사람들에게 그 길을 가르쳐주었다. 그리고 그 길을 가르쳐주기 위해 자신을 희생하는 고통을 겪어야 했다. 아르스 사람들은 지옥에 가기 위해 안달이 난 사람들 같았는데, 비안네 신부는 이렇게 결론을 내렸던 것이다.

"사람들이 내 말을 듣지 않으면 하느님께 매달리는 수밖에."

잠도 자지 않고 자신을 매질하고 단식하면서 성당에서 여러 시간을 보내기 시작한 것은 그런 까닭이었다. 음식은 생각날 때 먹는 것이 전부였는데 일주일에 감자 몇 개가 고작이었다. 사탄이 그에게 매질을 가하며 '감자 식충이'라고 놀린 것은 그 때문이었다.

하지만 그분에게 가장 큰 칭찬을 한 이는 다름아닌 사탄이었다

"사악한 본당 신부야, 내 너를 증오한다! 프랑스에 너 같은 사람이 세 사람만 더 있다가는 나는 망하고 말겠지. 더러운 감자 식충아! 왜 이곳을 떠나지 않느냐? 아르스에 네가 없을 땐 마음 편히 잘 지냈단 말이다!"

어느 날 밤 무서운 모습으로 나타난 악마가 비안네 신부에게 이렇게 외쳤다. 그리고 그날 밤부터 거의 매일 밤 악마는 성인을 괴롭혔다. 그러나 성인은 '쇠갈고리' 곧 악마의 출현에 대해 만족스럽게 생각했다.

"'쇠갈고리'가 나타난다는 것은 좋은 징조이다. 다음날에는 반드시 큰 죄인이 고백성사를 보러 온다."

수많은 사람들이 비안네 신부에게 고백을 하러 몰려들었는데, 성인은 그들에게 죄에 대한 보속을 주지 않고 자신이 직접 그 보속을 대신했다. 성인은 언젠가 이렇게 말했다.

"제가 불행히 지옥에 떨어진다 해도 저는 주님 가까이 다가갈 겁니다. 그러면 지옥이 없어지겠지요. 사랑의 불길이 심판의 불을 삼켜버릴 테니까요."

어느 날 미사를 드리다가 하느님을 영원히 보지 못하게 되지 않을까 하는 두려움에 사로잡혀 자신도 모르게 탄식을 터뜨렸다.

"오, 저를 성모님과 함께 있게 해주세요."

의견 차이

알도 모로[1]는 차갑고 어두운 유형의 사람이라고 알려져 있다. 하지만 그를 아는 사람들은 그가 특히 가족들과 함께 있을 때에는 여느 할아버지나 아버지와 같았다고 말한다. 아닌게아니라 그는 아들과 놀이를 하기도 했고, 손주들과 장난을 치거나 재미있는 이야기를 들려주기도 했다. 이탈리아 총리를 지낼 때에 정치가들과 기자들 사이에 알도 모로에 관한 재미있는 일화 하나가 회자되곤 했다.

알도 모로가 악마를 만났는데, 악마는 다짜고짜 총리에게 말했다.

"당신 영혼을 주시오, 지금 즉시!"

알도 모로는 단호히 거부했다. 하지만 이내 타협안을 하나 내놓았다. (하기야 타협할 줄 모른다면 어떻게 정치인이라 할 수 있으랴!)

"좋소, 그럼 지금부터 어떻게 이 의견 차이를 극복할 수 있을지 보기로 합시다. 지금부터 얘기를 나눈 다음 우리 둘이 같은 의견을 가지고 있다는 것을 수긍하는 쪽의 생각이 잘못된 거요."

모로는 우선 세 시간 동안 '악마의 생각'에 대해 자신의 의견을 늘어놓았다. 그러고 나서 자신의 생각에 대해 긴 연설을 늘어놓은 다음 둘의 의견이 어떻게 다른지 분석하기 시작했다.

일곱 시간이 지나자 악마가 소리를 지르며 달아났다.

"내 영혼을 당신에게 주다니, 그렇게는 할 수 없소!"

한편 모로 자신이 쓴 보도자료가 배포되었다.

"회담에 참가한 총리와 그의 상대자 사이에 심각한 의견 차이가 대두되었다. 이러한 의견 차이에 입각해서 양측은 피차 의견 일치에 도달할 수 없다는 데에 최종적으로 합의했다."

그런 합의에 도달했기에 망정이지…

---

1)　알도 모로 : 이탈리아의 정치가. 총리를 지내던 시절 마피아에게 살해되었다.

좋지 않은 일에 대비하시오

성모 신심 순례에서 돌아온 한 아가씨가 성모님의 마리아 노엘이라고 하는 여자 저술가와 이야기를 나누게 되었다.

"선생님께서는 성모님을 많이 사랑하신다고 알고 있는데요."

"네, 우리는 아주 친한 사이랍니다."

노엘이 장난스럽게 대답했다. 그러자 동행했던, 신심 깊은 한 신사가 끼어들었다.

"성모님을 많이 사랑하신다구요. 그리고 성모님도 선생을 사랑하구요. 그러면 좋지 않은 일이 있을지도 모르니 주의하세요… 성모님과 사탄 사이에는 특별한 관계가 있거든요. 사탄은 성모님이 사랑하는 사람을 특별히 유혹하니까요."

"그럼, 사탄이 내 발뒤꿈치를 물까요?"

노엘은 장난투로 물었고, 신사는 다시 대답했다.

"성모님께서 훨씬 강하신 분이니 뒤꿈치를 물지는 않을 것입니다. 하지만 좋지 않은 일은 있을 수 있으니 대비해야 합니다."

성모님이 가장 강한 분이요, 앞으로도 그럴 것이라는 것은 의심할 여지가 없다.

독자들은 몇 페이지 뒤로 돌아가서 샤미나드 신부님의 말을 돌이켜보기 바란다.

"그것 봐라. 머리를 밟히고 말았지! 성모님이 네 머리를 짓밟으셨단 말이다. 앞으로도 언제나 그렇게 하고 계실걸!"

청빈

내 주인 명단을 주시오

가난한 사람, 병자, 실업자, 피난민 들을 향한 애덕으로 자선가 요한이라고 불리는 이집트 알렉산드리아의 성인 주교(560~616)는 주교품에 오르던 날 이렇게 청했다.

"내 주인의 명단을 주시오."

사람들이 주교에게 무슨 주인이 있느냐고 반문하자 그분이 대답했다.

"여러분들이 거지라고 부르는 그 사람들이 바로 나의 주인이 아니오? 내게 하늘의 문을 열어줄 사람들이 바로 그들 아니오?"

일찍이 없었던 특권

아시시의 성녀 클라라가 가난한 성인 프란체스코를 알게 되었을 때, 그분을 따르기로 결심하고 하녀 한 사람과 함께 도성을 도망쳐나와 산타 마리아 델리 안젤리(천사들의 성 마리아) 성당에 도착한다.

"딸이여, 그대는 무엇을 바라는가?"

프란체스코 성인이 물었고, 성녀는 이렇게 대답했다.

"주님과 영원히 나아가고 싶어요."

성녀는 보석과 우아한 옷을 그의 앞에 내놓고 아름다운 금발을 잘랐다. 신발을 벗어던지고 맨발로 다니기 시작했고, 거친 수도복을 걸쳤다. 부모의 분노에도 불구하고 금발을 자른 그에 이어 누이 아네스와 다른 귀부인들도 뒤를 따랐다.

성녀는 모든 면에서 스승 프란체스코에 필적했다. 마흔두 살에 클라라회를 설립한 클라라 성녀는 수녀회의 장상이 되었다. 지나치게 엄격한 생활을 포기하도록 종용하는 사람들에게 클라라 수녀를 비롯한 수녀들은 대답했다.

"우리에게 청빈의 기쁨을 누리도록 그냥 내버려두세요."

교황 인노첸시오 3세에게 '청빈의 특권'을 승인해 달라고 했을 때, 그 이상한 요청서를 읽던 교황께서 외쳤다고 한다.

"이것은 일찍이 전례가 없는 특권이군요."

교황께서 손수 교서의 머릿부분을 쓰신 것은 이런 까닭이었다.

봉급을 건드리지는 않겠습니다

겸손한 프란체스코 회원이었던 클레멘스 14세 교황은 교황이 된 뒤에도 포를리의 로렌조 강가넬리 신부였을 때에 비해 생활 수준을 조금도 바꾸지 않았다. 교황이 된 다음에도 그분의 식사는 재속회원이 준비해주었는데, 그런 사실에 놀라는 사람들에게 교황은 반박하곤 했다.

"어쩌겠어요? 성 베드로와 성 바오로 사도께서 내게 화려하게 식사하라고 가르쳐주지 않았으니까요."

자리를 잃게 될까 걱정스러워진 교황청 공식 요리사가 교황께 탄원했다. 하지만 교황은 미소를 지으며 그를 안심시켰다.

"걱정 마세요. 당신 봉급은 건드리지 않을 테니까. 허나 당신의 일자리를 지키기 위해 제 건강을 잃어서는 안 되겠지요?"

교황은 요리사도 해고하지 않았고, 또한 자신의 습관을 버리지도 않았다.

수선하는 것이 이상할 게 뭐가 있지요?

프란체스코 드 살은 매우 겸손한 사람이었다. 남이 자신을 대하는 태도에 개의치 않고 언제나 남에게 봉사했다. 어느 날 어떤 사람이 불쑥 그의 방에 들어왔는데, 그는 마침 자신의 옷을 수선하고 있던 중이었다. 옷을 수선해 입는다는 사실도 놀랍거니와 자신이 직접 바느질을 한다는 사실에 놀랄 수밖에.

하지만 성인은 웃으면서 대꾸했다.

"뭐 잘못된 거라도 있소? 내가 망가뜨린 것을 내가 고치는데 이상할

봉급을 건드리지는 않겠습니다

게 뭐가 있소?"

뒤에 이 신사는 그때의 일화가 자신의 신앙 생활에 다른 어떤 것보다도 더 유익했다고 고백한다.

툴론에 주둔하고 있던 많은 군인들은 겸손하고 자비심 많고 무아에 이른 성인 주교가 매일 진영 앞을 오가는 모습만 보고도 개종했다고 한다. 개종만 한 것이 아니라 그들 중 몇몇은 가톨릭의 사제가 되기도 했다.

가난하기 이를 데 없는 교황

바라나바 키아라몬티는 1742년 이탈리아 체세나의 한 귀족 가문에서 태어났다. 그는 궁핍할 정도로 아무것도 없이 살았다. 열여섯에 베네딕트 회원이 되었고, 티볼리와 이몰라의 주교를 지낸 뒤 교황 비오 7세가 되었다. 교황이 된 뒤에도 겸손하고 수줍어하고 청빈했다. 게다가 나폴레옹에게 굴욕을 당하고 감금되는 수모를 당하기까지 했다.

그리스도교 박해를 다룬 소설 《파비올라》를 쓴 와이즈먼에 따르면 나폴레옹의 감금에서 풀려나 귀환할 때 로마 거리에는 꽃으로 장식된 승리의 아치가 세워졌다고 하는데, 이때 교황은 자신의 방에서 몇 해 전 스페인의 왕이 선물한 유일한 옷을 수선하고 있었다.

이 옷은 1809년 6월 6일 프랑스 황제의 명에 따라 마차를 타고 갈 때 입었던 바로 그 옷이었다. 그때 그는 고열에 시달리고 있었던 데다 안경까지 없었다. 하지만 그때에도 교황은 농담을 잃지 않았다. 주머니를 뒤져 동전 하나를 찾아낸 교황은 자신을 호위하던 라데 장군에게 그 동전을 주며 이렇게 말했다.

"자, 장군, 이게 내가 가진 전 재산이오."

상환

유머가 가장 풍부했던 교황 중 한 분인 베네딕트 14세(교황 재위 1740
~1758)가 재위하던 무렵 로마의 유명한 고리대급업자 한 사람이 죽음
을 당했다. 바로 그런 사람이 죽기 전에 자신의 재산을 모두 자선사업에
써달라는 유언을 했다는 소식을 전하자 교황은 미동도 없이 한마디하셨
다.

"그 사람은 사람들에게서 빼앗은 재산을 하느님께 돌려준 것뿐일세."

튀김 장사 못하면 튀김닭 신세…

교황 비오 9세가 어느 날 튀김 가게 앞을 지나게 되었는데, 튀김 가게
주인이 갑자기 교황께 하소연을 했다.

"교황 성하, 관리들이 이곳에서 튀김 가게를 하지 못하게 합니다. 저는
이걸로 저와 아이들의 빵을 벌고 있는데 말입니다. 성하, 제발 이곳에서
장사를 하게 해주십시오."

그러자 교황이 즉석에서 명령했다.

"계속해서 이곳에서 튀김 가게를 하게 해주게. 튀김 장사를 못하면 이
사람은 튀김닭 신세가 될 게 아닌가?"

빈민층

교황 비오 10세가 주교였을 때, 집안일을 도와주는 사람 없이 누이 셋과 조카딸과 함께 생활했다. 어느 날 물이 끓고 있는데 냄비에 넣을 음식거리도 돈도 한푼 없었다. 돈 달라고 조르는 일에 이골이 난 누이들은 조카딸 주세피나를 외삼촌에게 보냈다.

"무슨 일이냐?"

외삼촌 앞에 선 주세피나는 더듬거리다가 겨우 말문을 열었다.

"저어, 저… 먹을 게 없대요!"

삼촌은 근심스런 표정을 지으며 생각에 잠기더니 중얼거렸다.

"나는 돈 찍어내는 공장이 아니란다…"

그러고는 한숨을 내쉬더니 내뱉었다.

"자, 여기! 일주일 치는 될 게다."

삼촌이 내미는 손에는 5리라가 들려 있었다. 다섯 사람이 꼭 일주일을 버틸 수 있는 금액이었다. 그분이 누이들에게 늘 되풀이하는 말이 있었다.

"우리는 빈민이라는 걸 항상 기억해야 해."

주세피나가 스무 살이 되어 결혼하게 되었을 때도 그분의 이런 생각에는 변함이 없었다. 조카딸 주세피나는 리에세의 초등학교 교사인 한 젊은이를 사랑하게 되었는데, 훌륭하지만 가진 게 없어 장래가 그리 밝지만은 않은 청년이었다.

자홍색 수단을 입은 삼촌이 조카딸이 결혼하게 되었다는 얘기를 듣고 확인을 하는 자리였다.

"그래, 결혼할 거라고?"

"네, 삼촌. 돈도 없고 가난한 사람이에요."
"그럼 너는 부잣집 따님이었니?"

전당포행 시계

아직 베네치아의 대주교였던 사르토 교황(비오 10세)이 불평했다.
"만토바에 있을 때에는 그저 가난한 사람이었는데, 이제는 걸인 신세
로고."
사르토 교황은 친구가 선물해 준 금시계를 보며 한숨을 지었다.
"전에 차던 은시계는 전당포를 순례하느라 바빴는데, 이 시계에는 전
당포로 못 가게 대주교 문장을 새겨놓았으니… 이젠 저 익숙한 전당포
앞 계단도 오르내릴 수 없다니까!"

날개 달린 냄비

그분이 전당포에 시계를 맡긴 것은 가난한 사람들을 위해서였다. 자신
도 가난했건만 그분은 가난한 사람들에게 자신의 모든 것을 내주었다.
그분의 이런 면에 대해서는 누구보다 누이들이 잘 알고 있었다. 주세페
사르토 신부가 아직 살자노의 본당 신부였던 어느 날, 누이 로사가 전례
에 참여하고 부엌에 돌아갔을 때였다. 방금 전까지 있었던 고기 담긴 냄
비가 없어진 것이었다. 누군가 장난한 것일 수도 있으리라. 로사는 자매
들을 불렀다.
"안나, 불 위에 올려져 있던 냄비 치웠니?"
"아니, 보지도 못했는걸."

부엌을 이리저리 살피던 로사가 안나에게 말했다.

"우리 신부님에게 물어보아야겠어. 지난번 일 생각나니? 곳간에서 고기가 없어졌던 일 말야. 서랍에서 침대 시트가 없어진 적도 있었잖니? 우리 신부님 짓이 틀림없어…"

"신부님이 그러셨어요? 고기를 어디다 치우셨죠?"

두 자매는 서재에 앉아 있던 본당 신부를 다그쳤다. 하지만 사르토 신부는 눈을 찡그리며 시치미를 뗐다.

"글쎄, 고양이가 가져갔나?"

금방이라도 목소리를 높일 듯 기세 등등한 로사가 되받았다.

"그래요? 고양이는 냄비째 가져갈 리가 없지요. 오늘은 냄비째 없어졌으니까요."

사르토 신부는 세상에서 가장 부드러운 미소로 누이들을 달래며 시인했다.

"그럼 그 고양이가 나였나 보지. 그래, 로사. 내가 가난한 사람에게 냄비까지 주었어. 아니면 어디다 담아주어야 할지 모르겠더라구… 오늘 점심은 대충 때우지 뭐… 집에 먹을 게 하나도 없나?"

"많구말구요. 달걀 두 개하고 사과 한 개나 있으니까요."

본당 신부가 천연덕스럽게 대꾸했다.

"그럼 우리 부자네! 달걀은 누이들이 먹고 사과는 내가 먹으면 딱 맞구만. 하느님께 감사드릴 일인걸."

살자노의 본당 신부, 아니 미래의 교황은 진정 임금님처럼 행복한 표정이었다. 두 누이는 어이가 없다는 듯 고개를 절레절레 흔들며 서재를 나갔다. 하지만 두 누이도 어쩌면 자랑스러웠는지도 모른다. 그토록 마음씨 좋고 미친 듯한 오빠가 성덕을 향해 빠르게 나아가고 있다는 사실이… 가난한 사람의 식탁을 찾아 날개 달고 날아가는 냄비 덕에 조금은 고통스럽고, 때로는 달걀 두 개와 사과 하나로 세 사람이 끼니를 때우는 일은 있었지만, 사르토 신부 같은 오빠와 함께 살 수 있다는 것은 크나큰 하느님의 선물임에 틀림없었다.

달걀 반쪽

가난한 사람들을 위해 달걀 두 개가 아니라 반쪽으로 연명한 사람도 있었다. 밀라노의 대주교 페라리 추기경이 그런 사람이었다. 페라리 추기경은 장소를 가리지 않고 끊임없이 복음을 전파한 사람이었다. 그가 남긴 설교 메모는 수만 개에 이르는데 목소리로 직접 복음을 전할 수 없을 때에는 당시 습관대로 오리 깃털로 된 펜으로 직접 쓴 편지로 대신했다. 그는 자신의 교구에 속한 850개의 본당을 나귀를 타고 방문하기를 좋아했다.

거의 언제나 여행을 했던 페라리 추기경은 닳아 해진 가방을 가지고 다녔는데, 가까운 사람이 그에 대해 지적을 하면 그는 사람들의 말문을 막아놓곤 했다.

"주교의 돈은 교회와 가난한 사람들을 위한 것입니다."

언젠가 수행 비서 신부인 조반니 로시 신부와 로마에 갔다가 돌아오는 길에 페라리 추기경은 로레토로 돌아서 가고 싶어했다. 로레토 대성당[1]에서 미사를 드리고 난 다음 젊은 비서 신부는 추기경에게 전날부터 아무것도 먹지 못했다는 것을 상기시켜 주었다. 식당에 들어간 추기경은

---

1) 로레토 대성당 안에는 예수와 마리아, 요셉이 살았다고 하는 오두막집이 있다. 나사렛에 있던 이 오두막은 천사들이 로레토로 옮겨놓았다고 한다.

빵과 달걀 하나를 시켰는데 달걀은 프라이해서 달라고 했다. 이유는 "그
래야 반으로 나눌 수 있다"는 것이었다. 젊은 요한 신부는 한숨을 쉬며
쫄쫄거리는 배를 억지로 참을 수밖에… 하지만 습관이 된 터라 놀라지
도 않았다.

젊은 본당 신부도 이미 늘 되풀이하는 말이 있었다.

"조금쯤 미치지 않고는 아무 일도 할 수 없지."

신앙 단체를 설립하는 사람들은 거의 언제나 모험을 했다는 것을 잘
알고 있던 그는 1921년 자신이 보좌하던 추기경이 선종한 뒤 《페라리
추기경의 업적》이라는 책을 냈고, '프로 치비타테 크리스티아나'라는 단
체를 설립했다. 여러 분야에서 복음을 증거하는 단체였는데, 이 단체 때
문에 수많은 지식인들과 예술가, 과학자 등이 그리스도를 만나기 위해
아시시로 몰려들었다. 그리고 잘 알려진 개종 일화들이 탄생하게 되었
다.

외투가 필요했던 제2의 바흐

로렌조 페로시는 1872년 토르토나에서 태어났다. '근대 세계의 바흐'
라 불리던 그는 거의 2백 년 동안 밀라노 교회에 최고의 오르간 연주자
를 제공해 온 음악가 집안 출신이었다. 페로시 집안의 식구들은 모두 악
기를 연주했다. 아버지 주세페는 물론 뒤에 추기경이 된 카를로, 연주가
이자 작곡가가 된 로렌조, 밀라노 대성당의 유명한 오르간 연주가가 된
마르치아노 등 자식들도 모두 연주가였다. 펠리치나, 피아, 마리아 등 딸
들도 마찬가지였다. 그러나 모두 성음악에 열정이 있었다는 점도 공통적
이었는데, 그것은 "즐기는 것과 기도를 드리는 것은 다르다"는 아버지

주세페의 영향 때문이었을 것이다. 성 아우구스티누스 역시 비슷한 말을
한 적이 있었다.

"노래를 잘하는 사람은 두 배의 기도를 드리는 것이다."

이런 페로시에 대해 자코모 푸치니는 이렇게 평하기도 했다.

"그 별난 페로시는 어떤 면에서 우리들보다 뛰어나다."

푸치니가 말하는 '우리'는 그 자신과 피에트로 마스칸니를 뜻한다. 하
지만 '그 별난 페로시'는 다른 것은 다 신경을 쓰면서도 옷 입는 것, 먹
는 것만큼은 스스로 챙기지 못하는 건망증이라는 별난 면모를 지니고
있었다. 1898년 9월 8일에 있었던 일이다.

페로시의 '오라토리오'가 한창 사람들의 호평을 받을 때의 일이다. 건
망증 심한 이 신부가 브레샤 역에서 기차를 내렸는데 기차에 상의를 두
고 내린 것이었다. 그런 모습으로 사람들 앞에 나선다는 것은 있을 수
없는 일이었다. 하지만 때마침 자기 몸과 비슷한 한 사제가 그의 눈에
띄었다. 알지도 못하는 사제에게 다가간 그는 다짜고짜 명령조로 말했
다.

"입고 있는 옷을 제게 파시오. 얼마짜리요?"

"40프랑 주고 산 거요."

"여기 있소!"

알지도 못하는 신부가 놀란 눈을 하고 있는 동안 건망증 심한 페로시
는 낚아챈 상의를 몸에 걸치고 유유히 사라지는 것이 아닌가.

제가 교수님께 50리라를 드리지요!

조르조 라 피라는 가난한 사람들을 위해 일생을 바친 사람이다. 자기

손에 들어오는 대로 사람들에게 나누어주는 것이 그의 습관이었다. 줄 것이 아무것도 없을 때면 희망과 미소를 나누어주곤 했다. 주머니를 뒤 져 액수도 확인하지 않고 건네주는 것이 그의 습관이었다. 봉급을 받는 즉시 어떤 수사에게 건네주어 가난한 사람들에게 나누어주도록 했기 때 문에 대학 교수인 자신의 봉급이 얼마인지도 몰랐다. 거처는 성 마르코 수도원이었는데 의사인 친구가 제공해 주는 곳에서 묵기도 하면서, 먹는 것은 그때 그때 적당히 해결했다. 스스로 원한 그의 청빈이 얼마나 심했 던지 옷은 친구들이 입던 헌옷으로 해결해야 했다.

그러던 그에게 어느 날 있을 수 없는 일이 일어났다. 그 달 27일 저녁 입구에서 일하는 수위에게 팁을 주어야 했는데 시간이 너무 늦었는지라 그날 받은 봉급이 이미 바닥나고 없었다. 라 피라 교수는 순간 당황할 수밖에. 어쩔 줄 몰라 당황해하고 있는데, 주머니를 뒤적거리던 수위가 50리라를 꺼내 라 피라 교수의 손에 쥐어주는 것이 아닌가! 천하의 대 학 교수요 신앙을 전하는 정치가인 그에게…

같은 처지의 사람들 사이에 통하는 마음

오랜 방황 끝에 가톨릭으로 개종한 덴마크의 작가 요르겐센은 프란체 스코 성인에게 매료되어 성인에 관한 책 열 권을 쓴 사람이다. 그런 그 가 아시시를 구경하고 나서는 그 매력에 매료되어 단 한 번도 아시시를 떠나지 않았고, 결국은 아시시의 명예시민증까지 받게 되었다.

그가 쓴 책 중에 알바 테클론 마리온이라는 이집트의 한 사제에 관한 이야기가 나오는데, 이 이집트인 사제는 돈이 한푼도 없게 되자 요르겐 센을 찾아갔다고 한다. 요르겐센은 당연히 친절하게 사제를 맞아주었는데, 가정부가 힘들어할까 걱정되어 묘수를 찾아냈다.

"콘체타, 알바 테클라 사제에게 침대를 마련해 드리면 그 사람이 우리를 흑인으로 만들어버릴까?"

"무슨 말씀을 하시는 거예요? 어떻게 그런 일이…"

"좋아요. 그럼 이분이 필요할 때까지 우리 손님으로 모시기로 하지요."

안으로만 열리는 문

영국의 화가 헌트의 가장 아름다운 작품은 〈세상의 빛〉이라는 그림인데, 구세주가 한밤에 어떤 정원에 서 있는 모습이다. 구세주는 한 손에 등불을 들고 있고 다른 손으로는 무거운 문짝을 두드리고 있다. 그림이 처음 공개되자 한 평론가가 화가에게 평을 했다.

"이 그림에는 한 가지가 빠져 있군요. 문에 손잡이가 보이질 않아요."

화가가 대답했다.

"이 문은 마음의 문이요. 안에서 열어주지 않으면 열리지 않아요."

잘못된 주소

아닌게아니라 훌륭한 생각들은 모두 인간의 마음속에서 솟아난다. 훌륭한 생각을 위해 성인이 될 필요는 없다. 그저 인간적인 사람이기만 하면 충분하다.

유명한 성악가인 마리아 말리브란이 런던의 '코벤트 가든'에서 로시니의 작품 《오델로》의 주인공 데스데모나 역을 맡아 공연을 했다. 공연이 끝나고 무대는 온통 꽃으로 뒤덮였다. 그런데 그 화환 중에 누군가 천 스텔링이 든 봉투를 보냈다. 적지 않은 액수였다. 청중은 봉투 속에 무슨 말이 씌어 있는지를 읽으라고 아우성이었다. 수표에는 이렇게 적혀 있었다.

"영국은행, 이 수표를 지참하는 사람에게 천 스텔링을 지불하시오."

청중은 웃음을 터뜨리며 그것을 보낸 사람의 이름을 밝히라고 요구했다. 하지만 말리브란은 옆에 있던 테너에게 귀엣말을 속삭였고, 테너는 우렁찬 목소리로 선언했다.

"신사 숙녀 여러분, 내용을 모두 읽어드리지 못해 죄송합니다. 이 봉투는 우리 도시의 빈민들에게 가는 것인데, 주소가 잘못 적혀 있습니다."

청중의 박수는 우레로 바뀌었다.

젊음을 유지하기 위해

미국의 유명한 코미디언 대니 케이는 말년에 자신의 천직과 수입을 마다하고 가난한 어린이들을 위한 모금을 하기 위해 온 세계를 돌았다. 우스꽝스런 말로 되풀이하는 그의 지론은 이런 것이었다.

"착한 일을 하면 늙지 않거든요."

그가 세상을 뜨자 수많은 사람들이 그의 죽음을 애도했는데, 특히 어린이들이 진정 마음으로 슬퍼했다. 대니 케이는 이런 말을 남기기도 했다.

"어린이는 미래를 위한 약속입니다. 그러므로 어린이들에게는 맑고 평화로운 미래를 보장받을 권리가 있습니다. 이것이야말로 우리의 첫째가는 본분이라고 생각합니다."

얼마나 많은 사람들이 대니 케이의 첫번째 본분은 웃기는 일이라고 생각했을까…

하기야 이 책의 첫머리에서부터 우리는 웃을 줄 알고 남을 웃길 줄 아는 사람은 선한 마음을 가진 사람이라고 정의하지 않았던가!

고통과 고행

특별한 고행복(苦行服)

"원장 신부님, 제게 고행복을 주십시오. 조금이라도 빨리 성덕에 나아갈 수 있도록 진지하게 고행하고 싶습니다."

어느 날 수련 수사 한 사람이 원장에게 청했다. 신중하고 지혜가 가득 담긴 눈길과 부성애 가득한 미소를 띠고 있던 늙은 사제는 젊은이의 입에 십자 성호를 그으며 말했다.

"완덕의 길에 빨리 나아가고 싶으면 고행복은 허리가 아니라 입에다 둘러야 하는걸세. 입이야말로 가장 참기 어려운 것이니까. 성인 원장 신부 아가톤은 어떻게 했는 줄 아나? 입에다 삼 년 동안 자갈을 물고 지냈다네. 혀를 잘 놀리는 훈련을 하려고 말일세."

한입 가득한 잡초

1380년 시에나의 귀족 알비제스키 가문에서 태어난 베르나르디노는 뛰어난 설교가요, 특별한 성인이었다. 그분이 남긴 '대중 설교'에는 자신이 스무 살 무렵에 은수자가 되고 싶었다는 일화가 나온다. 웃음 가득한 그분의 얼굴을 떠올리게 해주는 일화는 이렇다.

"숲속에서 물과 풀만 먹고 살고 싶다는 생각이 든 나는 이렇게 중얼거렸다. '숲속에서 어떻게 살아야 하지? 무얼 먹고 살아야지?' 그러고는 또다시 혼자서 결론을 내렸다. '옛 교부들이 살았던 것처럼 살면 될 거야. 배가 고프면 풀을 뜯어먹고, 목마르면 샘물을 마시면 되지.'"

젊은 베르나르디노는 직접 실험을 해보기로 했다. 자기가 있던 곳에서 마사까지 가면서 어느 숲속에서 지낼까 살피게 되었는데 결국 시에나까지 되돌아가게 되었다. 하지만 고행을 포기하지 않아야겠다는 생각에 시에나 근처에 이르자 잡초를 한움큼 뜯어 입에 넣었다. 씹고 또 씹었지만 잡초는 도무지 목구멍을 넘어가지 않았다.

"잡초에서 우러난 즙은 넘기겠는데 잡초 줄기는 도무지 넘어가지 않았다. 하지만 결론이 무엇이었는지 아는가? 한입의 잡초로 그 유혹을 이기게 되었다는 것이다."

주님이 그가 은수자가 되기를 바라지 않았다는 명백한 증거요 거리와 광장의 설교가가 되기를 원하셨다는 증거이리라. 그는 하느님의 바람대로 프란체스코 회원이 되었다. 그리하여 당대의 제일가는 설교가가 되었다. 1444년 하늘나라로 간 그는 1450년 교황 니콜로 5세에 의해 시성되어 시에나의 성 베르나르디노가 되었다.

이제야 알겠습니다

아빌라의 성녀 테레사는 로보트도 아니었고 천사도 아니었다. 뼈와 살을 가진 여자였다. 어느 날 고된 하루를 보내고 파김치가 되었는데 마지막에는 한쪽 다리까지 다치게 되었다. 하느님과 친숙한 관계를 가졌던 그녀답게 탄식했다.

"오, 주님. 이런 일까지 마련해 주시나요?"

주님이 대답했다.

"이게 친구들을 대하는 나의 방식이니 어쩌겠느냐?"

하느님 앞에 거리낄 것 없고 유머가 넘치던 그녀가 대꾸했다.

"이제야 당신께 친구가 적은 까닭을 알겠군요."

단식보다도 돌멩이로…

마르케 사람 펠리체 페레티는 1521년 가난한 가정에서 태어나 어린 나이에 프란체스코의 작은 형제회에 가입했다. 그리고 그레고리오 3세에 이어 식스투스 5세라는 이름으로 1585년부터 1590년까지 교황에 재위했다. 얼마나 완고했던지 사람들은 "식스투스 교황은 그리스도조차 용서하지 않을 것"이라는 평을 들었다. 하지만 그는 교회의 안정과 국가의 번영을 다시 살리는 데 기여했다.

그분에 관한 재미있는 일화가 전해온다.

어느 날 돌멩이로 자신의 가슴을 두들기는 예로니모 성인의 그림 앞을 지나다가 그림을 향해 이렇게 말했다.

"그 돌멩이를 들고 있기 잘했지. 돌멩이가 아니었으면 교회가 당신을 시성했을 리 없으니!"

아닌게아니라 예로니모 성인은 자신의 불끈하는 성격과 육욕을 다스리기 위해 돌멩이를 사용하곤 했다. 그분 자신의 고백은 이렇다.

"나는 불 같은 육욕과 성격을 다스릴 수 없었습니다. 나의 육체는 끊임없는 단식으로 허약했건만 정신은 나쁜 생각으로 불붙곤 했습니다."

충동적인 성격을 이기기 위해 기도도 많이 드렸다.

"오, 주님. 달마치아 사람답게 충동적인 제 성격을 용서해 주십시오."

아닌게아니라 그는 달마치아의 스트리돈에서 331년에 태어났다. 다마소(1세) 교황의 비서로 구약을 유대어에서 라틴어로 번역했고, 신약의 라틴어 번역을 교정했다. 더욱이 이단에 대항하는 수많은 서간문과 글을 남겼다. 그는 교회학자들 중에서 가장 유명한 사람 중 하나였다. 하지만 우리는 그를 예수님의 고향 마을에서 끊임없이 고행하는 모습으로 기억하고 있다. 실제로 그분은 서기 420년 베들레헴에서 선종했다.

어느 날 그분은 주님께 드릴 선물이 없다는 생각에 탄식하며 눈물을 흘렸다. 하지만 예수께서 그에게 응답했다.

"예로니모, 너의 죄악을 내게 다오."

날개를 달아주리라

어느 날 피렌체 거리를 거닐던 미켈란젤로가 쓰레기와 진흙 사이에 버려진 대리석을 발견했다. 즉시 쓰레기 더미에서 대리석을 꺼낸 그는 잘 닦은 다음 자신의 화실로 옮기게 했다. 그러고는 친구들에게 선언했다.

"저 안에 천사가 숨어 있네. 내가 천사에게 날개를 달아줄걸세."

망치와 끌을 잡은 미켈란젤로는 그 바윗덩어리에서 아름다운 조각 작품을 만들어냈다.

하느님도 우리에게 마찬가지로 행하신다. 고통과 고생과 굴욕을 통해서 그리고 고행을 통해서 우리의 영혼을 조각하신다. 그리하여 진흙 속에서 최일류의 성인이 탄생한다. 의인은 자신의 비천함을 알고, 하느님은 예술가로서 우리를 다듬으시는 것이다.

조르조 라 피라는 되뇌곤 했다.

"하느님이 우리에게서 과연 무엇을 기대하실 수 있을까? 우리에게서 기대할 수 있는 것은 아무것도 없다. 그분은 당신의 은총으로 우리를 성인으로 만드신다."

시에나의 성녀 카타리나의 가난한 자매회를 창립하였고, 1988년 요한 바오로 2세에 의해 시복된 사니바 페트릴리는 말했다.

"성인은 붓으로 이루어지는 것이 아니라 끌로 다듬어집니다."

이렇게 살아 있지 않아요?

아르스의 성인 목자는 자신의 몸을 돌보지 않고 거의 언제나 성당에서 살았다. 사람들이 그렇게 어떻게 사느냐고 물으면 두 팔을 벌리면서 대답했다.

"이렇게 살아 있지 않아요?"

그분의 아름답고 꿰뚫어보는 듯한 눈가의 평온한 미소는 모든 사람을 정복하고도 남았다. 하지만 음식은 생각날 때 어쩌다 한번 감자 몇 개로 때우는 것이 고작이었다. 익살맞은 농부인 트레브는 그가 "죽지 않기 위해 먹는 정도"라고 표현했다. 사실 "다른 사람 같으면 그 정도로 먹으면 살아 있지 못할 만큼" 먹는 양이 적었다.

성인 신부는 "고통이 없는 것을 고통스러워하는" 사람이었다. 사람들이 그에 대해 걱정하면 대답했다.

"저를 조금이라도 아끼시면 제게 많은 것을 준비하지 마세요. 저를 연옥에 떨어뜨리고 싶지 않으면요."

식복사가 제대로 준비한 음식을 마련할 때면 비안네 신부는 조용히 말했다.

"고맙습니다. 하지만 제겐 오히려 해가 될 거예요."

어쩌면 식복사 아주머니의 말이 일리가 있는지도 모른다.

"성인에게 봉사하는 것이 얼마나 어려운 일인 줄 아세요!"

하지만 아르스의 본당 신부는 나름대로 신념이 있었다.

"제 몸뚱어리가 아직은 걱정이 없어요. 모든 음식에 소금이 들어가듯 시시때때 빠지지 않고 무슨 일에든 끼어드는 교만이 좋은 증거예요. 육욕은 더 좋은 증거이구요."

그분의 말은 끝이 없다.

"내 몸뚱어리를 움직이게 하려면 두세 번 채찍질을 해야 합니다. 채찍질은 마치 천을 질기게 하는 약품 같은 겁니다. 우리의 몸은 이렇게 다스려야 해요. 우리의 악한 본성은 이렇게 해야 다스려집니다. 제 몸은 아주 성능이 좋아요. 건강하니까요."

하지만 말년에 이르러 그는 아르스에 처음 도착했을 때의 고행에 대해 '젊은 날의 호기'라고 정의했다.

모든 이에게 마찬가지

비오 10세가 본당 신부였을 때, 어머니를 잃은 한 가정을 위로하기 위해 이런 말을 했다고 한다.

"옛날에 한 시골 사람이 꼴을 베러 갔습니다. 그런데 한순간 작은 꽃이 애원을 하는 겁니다.

'저는 작디작은 보잘것없는 꽃이에요. 제발 살려주세요. 제가 없다고 손해볼 것 없잖아요?'

꼴 베는 사람은 측은한 마음이 들어 작은 꽃을 자르지 않았지요. 하지만 다른 꽃들과 잡초들의 자그만 아우성이 들려왔습니다.

'나두요. 저두요.'

그러자 꼴 베는 사람은 어깨를 움츠리며 모두에게 말했지요.

'그래 너희들 말이 옳다. 꽃 하나를 살려주었으니 다른 꽃이랑 풀도 모두 살려주어야겠지. 하지만 그러면 나는 어쩌겠느냐? 집에 가져갈 꼴을 어떻게 구한단 말이냐?'

말을 마친 시골 사람은 낫을 들고 하던 일을 계속했습니다. 어떤 꽃과 풀도 차별하지 않고 모두 잘랐습니다. 자연의 법칙은 그런 겁니다. 인간의 삶도 마찬가지구요. 이렇게든 저렇게든 사람에게는 모두 크고 작은 고통이 있게 마련입니다."

매일 신고 있는 저도 마찬가지입니다

그 후 주세페 사르토 본당 신부는 교황 비오 10세가 된다. 어느 날 개인 알현에 나온 한 부인이 교황께 신고 있던 양말 한 짝만 달라고 부탁했다. 놀라고 당황한 비오 10세가 까닭을 물었다.

"양말을 달라구요? 어디에 쓰려고 그러지요, 부인?"

"성하, 벌써 여러 해 전부터 한쪽 다리에 고통이 있어요. 교황님의 양말을 신으면 고통이 사라질 거예요."

교황은 재미있어하면서도 슬픈 얼굴로 대답했다.

"오, 부인. 매일 신고 있는 저에게도 여러 가지 고통이 끊이질 않습니다."

건강에 좋다고 해서 그러는 겁니다

예수회원 주세페 피코 신부는 생전에 고차노 지방에만 알려진 사람이었다. 그곳은 몬비소 산기슭의 크리솔로 대성당이 있는 곳으로 피코 신부가 활동하는 곳이었다. 1946년 죽은 다음에야 성인다운 분이었다고 사람들의 입에 오르내리기 시작했다. 언젠가 그가 숲속에서 쐐기풀로 팔을 문지르고 있는 것을 본 사람이 있었는데, 당황한 피코 신부는 엉겁결에 둘러댔다.

"건강에 좋다고 해서 그러는 겁니다."

하지만 피코 신부가 그런 식으로 둘러댄 것은 뾰족한 솔잎을 깔아놓은 잠자리가 사람들의 눈에 띄었을 때도 마찬가지였다. 변명에도 불구하고 사람들은 그의 말을 곧이 곧대로 믿지 않았고, 오히려 자신의 성덕만 더 드러냈을 뿐이었다. 결국 많은 사람들이 강복을 받으러 그분에게 달려가게 되었다.

어느 날 피코 신부가 잘 알려진 술꾼 한 사람을 찾아가게 된다. 수녀원에 가려는 딸을 한사코 반대하기 때문이었다. 술꾼 집에 들어간 피코

건강에 좋다고 해서 그러는 겁니다

신부는 다짜고짜 물었다.

"이보세요, 프란체스코씨! 선생의 딸도 포도주를 마시나요?"

"그걸 말이라고 하세요, 신부님? 집에서야 당연히 포도주를 마시지요."

"그래요? 그럼 저애를 가게 버려두세요. 그러면 딸애 몫까지 마실 수 있지 않겠어요?"

거구의 술꾼은 갑자기 당한 역공에 당황하는 기색이 역력했다. 갑자기 말문이 막히고 말았다. 어리석은 사람이 아니었던 그 사람은 신부의 재담을 이해했고, 농을 마음에 들어했다. 그리하여 딸은 대망의 수도원으로 떠나게 되었다.

성인들은 별의별 방법을 다 생각해 낸다고 하지 않는가!

긍정적인 면만 보기

고열에 지친 라비냑 신부가 만족스런 표정으로 선언했다.

"라비냑은 병들었다. 하지만 하느님은 잘 계신다. 그러니 모든 것이 정상이 아닌가!"

델 크로와는 이렇게 고백했다.

"불운한 경험 덕택에 나는 자신을 발견할 수 있었다. 사람들이 나를 감옥에 가두지 않았다면 나는 자신을 만나지도 못했을 것이고, 자신이 어떤 사람인지 알지도 못했을 것이다."

태어나기 위한 죽음

성인들이 사물을 보는 시각은 세상 사람들의 시각과는 정반대이다. 세상 사람들은 결국 죽기 위해 이 세상에 태어났다고 불평하지만 성인들은 새로이 태어나기 위해 죽는다는 사실을 즐거워한다. 따라서 성인들의 유머는 이 세상의 삶을 마감하는 마지막 순간에 가장 놀랍게 피어난다. 의인들은 죽는 날을 진정한 탄생의 날로 받아들인다. 많은 영혼들은 요란한 소리를 내지 않고 복된 하늘나라로 올라간다. 그들의 죽음은 산뜻한 향기를 남기고 죽음으로 일군 밭이랑에는 풍성한 열매가 맺힌다. 스페인의 디에고 성인은 죽음의 순간에 부르짖었다.

"오, 아름다운 천국의 꽃이여!"

이쪽 편 고기는 다 익었으니 뒤집어주시오

그리스도를 향한 믿음과 이웃을 향한 사랑의 열정으로 발레리아누스 황제의 박해를 받은 스물일곱 살의 스페인 출신 로렌조 대부제야말로 철저한 유머 감각을 보여주었다. 로렌조 대부제는 감옥에 갇혀 있던 교황 식스토 2세로부터 "교회의 재산을 적당하게 나누어주라"는 분부를 받고 이행한 사람이었다.

이베리아 반도 특유의 열정적인 성격의 젊은 대부제는 일에 전념했고, 최후의 한푼까지 모두 가난한 사람들에게 나누어주었다. 염탐꾼들이 고자질한 덕에 발레리아누스 앞에 끌려간 그는 교회의 재산을 내놓으라는 명을 받는다. 하지만 가난한 사람들을 가리키며 "저 사람들이 바로 교회의 재산"이라고 응답한다. 분노에 이글거리는 황제는 무모하기 이를 데 없는 로렌조를 끔찍한 죽음에 처하라고 명령한다. 그러나 로렌조는 벌겋게 단 숯불 위의 석쇠에 올려진 뒤에도 엄청난 고통을 참으며 농담을 던졌다.

"이쪽 편 고기는 다 익었으니 반대편으로 돌려주시오."

임종의 고통에 이르러 로렌조는 기도를 올린다.

"오, 주 예수님. 감사드립니다. 이 불꽃으로 제게 하늘의 문을 활짝 열어주시니…"

기도를 마친 로렌조는 석쇠 위에 고개를 떨구었으니, 기원후 258년 8월 10일이었다.

기쁜 죽음

로렌조의 죽음이 가장 비극적이고 처참한 죽음이었다면 수많은 성인들은 부드러운 죽음을 맞이했다.

쉐테의 한 은수자가 죽음을 맞이했다. 동료 수사들이 주님께 나아가는 그의 몸을 씻고 깨끗한 옷으로 갈아입히며 눈물을 흘렸다. 그러자 성인 은수자가 눈물을 흘리는 수사들을 보며 웃음을 지었고 가장 젊은 수사가 그 까닭을 물었다.

"형제님, 우리는 모두 우는데 수사님은 어찌 웃으시는지요?"

나이 많은 수도자가 대답했다.

"두 가지 이유로 웃지 않을 수 없네. 첫번째는 자네들이 죽음을 두려워하는 모습이 우스꽝스러워 그렇고, 두 번째는 드디어 고생을 끝내고 휴식할 수 있으니 그렇네. 슬픔을 던지고 영원한 행복을 누릴 수 있게 되었으니 어찌 웃지 않을 수 있는가?"

그러고는 잠시 뒤, 평화로운 모습으로 주님께 영혼을 맡겼다.

이제 와서 두려워하라고?

성인 은수자 힐라리오는 나이가 많이 든 다음에도 사막에서 풀과 물을 먹으며 살고 있었다. 어느 날 강도 두 사람이 순례자의 모습을 하고 나타나 수작을 걸기 시작했다.

"은수자 양반, 강도들이 덮치면 당신은 어쩌겠소?"

은수자는 바로 내 앞에 있는 당신들이 강도가 아니냐고 반문할 수도 있었건만 태연스레 대답했다.

"아무것도 가진 게 없는 사람은 도둑이라도 두려울 게 없네."

"좋소. 당신이 가진 게 없다고 합시다. 하지만 당신을 죽일 수는 있지 않소?"

백발의 노 은수자가 웃음을 띠며 대답했다.

"물론이지. 나를 죽일 수는 있겠지. 하지만 당신들이 나를 죽인다고 한

들 그리 서러워할 것 같소? 두려워할 것 같소? 죽음을 준비해 온 지가 벌써 팔십 해요. 그런데 이제 와서 죽음을 두려워하라고?"

위대한 죽음

헨리 8세에 의해 재상의 지위를 박탈당한 토머스 모어는 여자 한 사람 때문에 감옥에 들어가게 되었다. 왕이 캐서린 여왕을 버리고 여왕의 시녀 앤 불린과 사랑에 빠졌기 때문이다. 헨리는 교황에게 이혼을 승인해 달라고 요구했으나 당연히 부정적인 대답을 받게 되었다. 화가 난 왕은 재상에게 교황을 설득하라고 명령했지만 토머스 모어는 명백하게 대답한다.

"먼저 양심이 있고 그 다음에 왕이 있습니다."

화가 나서 정신이 나간 헨리 8세는 의회로 하여금 자신을 영국국교회의 수장으로 선포하게 하고 수많은 사람을 희생시켰는데, 그 중 토머스 모어도 포함되었다. 모어는 결국 감옥에 들어가게 되었는데, 가족들이 찾아와 설득을 해보려 했지만 모어는 꿈쩍도 하지 않았다.

"왕이 나를 사면해 준다고 칩시다. 내가 이제 몇 해를 더 살겠소? 이십 년? 삼십 년? 사십 년? 그렇다면 사십 년 동안 양심을 포기해야 하지 않겠소? 영원을 희생하면서 말이오."

재판이 열렸고, 반역죄로 몰려 런던 탑에 갇히게 되었다. 이곳에서도 감시인의 유혹을 받았지만 도무지 막무가내였고, 간수도 결국 단념하고 말았다.

"선생의 행동은 정말 이해하기 어렵소. 말 한마디만 하면 목숨을 구할 수 있는데…"

하지만 토머스 모어의 대답은 고귀했다.

"목숨은 살릴 수 있어도 영혼은 살릴 수 없소."

1535년 7월 6일 왕의 명령으로 모어는 사형대로 향하게 된다. 날씨가 몹시 추웠다. 순교를 향해 나아가는 죄인이 길을 가면서 몸을 덮을 것을 요구했다.

"죽는 것은 좋지만 감기까지 걸릴 까닭은 없지. 나를 죽이는 것은 당신들의 임무요. 하지만 나는 제5계명을 존중하기 위해 나의 건강에 유의해야 하오."

감옥에서 나오는 순간에는 이런 말도 남겼다.

"이 금화 주머니를 가져가게 해주시오. 사형 집행인에게 주어야겠소."

몸이 쇠약해질 대로 쇠약해진 모어는 재판 내내 잠시도 놓지 않았던 지팡이에 의지해 단두대 계단을 올라갔다. 하지만 누구에겐가 도움을 받아야 했다.

"계단을 올라갈 수 있도록 누가 좀 도와주시오. 내려올 때는 혼자서 굴러 내려올 테니까."

전직 재상은 평소처럼 유머가 넘쳤다. 교수대 앞에 서자 무릎을 꿇고 "주님 자비를 베푸소서"를 웅얼거렸다. 그러고는 사형 집행인을 재촉했다.

"자, 어서. 제 임무를 행하는 사람이 두려워해서는 안 되오. 내 목이 몹시 짧으니 주의하시오. 빗나가게 치면 당신의 명예에 흠이 가게 될 것이오."

강철 같은 신자요, 훌륭한 인간의 전형인 토머스 모어는 끊임없이 미소지으며 농담을 던진다. 목이 잘리기 전에는 단호한 어조로 선언했다.

"나는 가톨릭 교회의 신앙 안에서 죽습니다. 여러분 모두 하느님께서

왕을 일깨워 주시도록 기도해 주십시오."

기쁜 마음으로

나폴리 법정의 정리, 조반니 바티스타 요사는 감옥과 병원의 사도이다. 선을 행하려면 많은 장애와 반대를 감수해야 했던 격동의 시기였던 17세기에 그는 어느새 감옥의 천사가 되어 있었다. 병자들이 성사를 받을 수 있도록 준비시켜 주었고, 죄수들에게 먹을 것을 입에 넣어주거나 마실 물을 주기도 했고, 병자를 위로하고 자신의 돈으로 과일을 사주기도 했다. 찢어진 상처를 치유해 주고 역겨운 상처를 씻어주기도 했다. 그런 행동에 놀라워하는 사람들에게 그는 대답했다.

"여러분들도 병원이나 감옥에 가보면 예수님을 만나게 될 겁니다."

요사는 주님께 온갖 고통에 괴로워하는 욥 같은 사람이 되게 해달라고 기도했고, 그의 기도는 이루어졌다. 수많은 사람들을 치료해 주었던 그가 끔찍한 불치병에 걸려 옴 걸린 개처럼 사람들의 따돌림을 받게 되었던 것이다. 자신의 최후가 다가온 것을 깨달은 그는 부활절에 맞추어 가난한 사람들을 위한 잔치를 베풀고자 했다. 어쩌면 하늘나라의 부활과 영광으로 옮겨가는 자신의 파스카(부활의 기쁨)를 기념하기 위한 것이었는지도 모른다.

자신을 돌보는 사제에게 다음날 자신이 죽을 것이라는 것을 미리 알려주기도 한 그는 최후의 순간에 부르짖었다.

"기쁜 마음으로. 기쁜 마음으로"

되돌려주기

아르스의 성인 목자는 영원한 평화 속에 잠들기 전에 말했다.

"죽음으로써 우리는 받은 것을 되돌려주는 것입니다. 대지가 우리에게 준 것을 되돌려주는 것이지요. 호도알만한 먼지를 땅에 되돌려줍니다. 그렇습니다. 우리는 먼지로 되돌아가는 것입니다. 그러니 우리가 뽐낼 일이 무엇이겠습니까?"

개정 증보판

성인들뿐만 아니라 문학가, 예술가, 과학자 중에도 신앙의 빛을 따라 존엄하고 고귀한 죽음을 맞이하는 사람들이 적지 않다. 1790년 4월 17일 벤저민 프랭클린이 여든네 살의 나이로 죽음을 맞이했을 때 온 미국 사람들이 조의를 표했다.

대단한 인물이었던 그의 묘비에는 이런 글이 씌어 있다.

"벤저민 프랭클린의 육체/종이와 제목과/장식이 사라진/낡은 책표지처럼/여기 누워/벌레의 먹이가 되노라/허나 그의 업적은 사라지지 않고/평소의 믿음처럼/새로이 펼쳐져/수많은 개정 증보판으로/되살아나리라."

통회할 일과 통회가 필요 없는 일

유명한 설교가이자 여러 개의 도미니크 수도원을 세운 라코르데르 신부는 프랑스 의회의 국회의원으로 선출되기도 했다. 1861년 11월 21일

59세의 젊은 나이로 자신의 인생을 마감하기 몇 달 전 프랑스 학술원 회원으로 받아들여졌다. 학술원 회원으로 선정된 뒤 그는 교회의 더욱 강화된 자유를 상징하기 위해 그 결정을 받아들인다고 선언하기도 했다. 죽기 얼마 전 그는 이렇게 고백했다.

"나는 가톨릭 신자로서는 통회하는 영혼으로 죽어가지만 자유주의자로서는 조금도 통회할 것이 없다."

저 유명한 몽탈랑베르(19세기의 프랑스의 가톨릭 정치가, 역사가)는 그를 이렇게 묘사했다.

"우리 시대의 가장 위대한 영혼인 동시에 가장 성스러운 영혼이었다."

주님, 저는 당신처럼 죽어갑니다

클레멘스 12세에 이어 교황 베네딕트 14세가 된 프로스페로 람베르티니는 최후의 순간까지 해학이 넘친 분이었다.

두 명의 추기경 때문에 귀찮아하던 그는 죽음에 가까워지자, 잠시도 혼자 두지 않는 두 사람 때문에 더욱 곤혹스러워했다. 그러던 중 한순간 교황은 하늘을 우러러 탄식했다.

"오, 나의 주님. 부당한 당신의 대리자인 제게 해주신 모든 일에 감사드립니다. 무엇보다도 골고다 언덕에서 두 명의 강도 사이에서 돌아가신 당신과 마찬가지로 이 두 추기경 사이에서 죽게 해주시니 감사드립니다."

1758년 5월 3일 정오에 마지막 숨을 거둔 교황은 1675년 볼로냐에서 태어났다. 그분이 성가셔한 추기경들은 나중에 거대한 기념비를 세워주었다.

지친 당나귀가 더 움직이려 하지 않습니다

"애덕은 우리 '작은 집'의 첫째가는 사명입니다."

코톨렝고 신부는 말했다.

그리고 누구보다도 먼저 자신이 그 말을 실천했다. 새벽 네시에 일어나 미사를 드리고 곧이어 또 한 대의 감사 미사를 드린 다음 가난한 사람들을 위해 일하러 나가곤 했다.

주세페 코톨렝고 신부는 겨우 쉰여섯의 나이에 하늘나라로 갔지만 이미 많은 고생과 걱정으로 몹시 지쳐 있었다. 그런 그가 자신을 돌보아주던 사람에게 이런 말을 남겼다.

"지친 당나귀(육체)가 더 움직이려 하지 않습니다. 이제는 떠날 때가 되었습니다. 천국에서 다시 만납시다."

몽둥이를 들고 기다리십니다

사십 년 동안 은수자의 암자에서 생활한 부트리오의 알베르토 성인은 성모님을 열렬히 사랑하는 마음을 간직하고 세상을 떴다. 눈은 보이지 않았지만 쾌활하고 신심이 깊었던 그는 많은 고행으로 이미 이 세상에서 자신의 부족함을 보속한 분이었다. 하지만 그는 동시에 익살이 넘치는 사람이었다. 1964년 1월 하늘나라로 향할 출발 시각이 가까웠을 때 그를 따르는 충실한 수녀 중 한 사람이 필요한 것이 있느냐고 물었다. 그분은 대답했다.

"아닙니다. 지금 성모님과 이야기를 나누고 있어요."

"성모님께서 뭐라고 그러시지요?"

"몽둥이를 들고 저를 기다린답니다."

하지만 정반대였다. 성모님께서는 그분의 손을 잡고 즉시 영원한 행복의 나라로 그분을 안내했을 것이다. 알베르토 성인은 성모님의 아들로 평생 '아베 마리아 수사'라는 이름으로 살아온 분이 아니었던가.

심판의 날

조르조 라 피라는 어느 날 신문 기자들에게 이런 말을 남겼다.

"언젠가 주님께서는 다른 사람들과 마찬가지로 저를 따로 불러내 심판을 하시겠지요. 이렇게 물으실 겁니다.

'자, 피렌체의 시장 양반. 이리 오시오. 팔라초 베키오(피렌체 청사가 있는 건물)에서 도대체 무슨 일을 했소? 나는 가난한 사람들 안에서 배고픔을 당했고, 집 없는 사람들을 통해서 집 없는 설움을 맛보았소? 나는 병자였고 죄수였소. 당신은 그때 나를 기억하였소?'

한 도시의 시장은 한 가정의 아버지와 같은 사람입니다. 곤궁을 당하는 사람은 모두 돌봐주어야 할 자식입니다."

시칠리아 출신의 국회의원이기도 했던 그는 이런 마음가짐으로 자신의 삶을 영위했고 성덕에 이르렀다. 오래지 않아 그분의 영웅적인 삶은 진정한 의미의 평신도와 학자, 정치가의 모범으로 교회의 인정을 받게 될 것이다. 이미 그의 시복 절차가 진행되고 있다.

집에서 만납시다

어쩌면 라 피라와 토리노의 마리아노 신부는 함께 '베르니니[1]의 영예'에 오를지도 모른다.

마리아노 신부는 기쁨이 넘쳐나는 영혼이었고, 최후의 순간까지 농담을 아끼지 않은 인물이기도 했다. 이미 자신에게 남은 시간이 하루 정도밖에 되지 않은 것을 알고 있던 그는 거울에 비친 자신의 백발이 성성한 수염을 보고는 일부러 즐기기라도 하듯 글을 남긴다.

"나는 모택동처럼 노랗게 변했다."

그를 알고 있는 사람들은 그가 다시 회복되기를 간절히 기대했다. 상태의 심각성을 알지 못했던 그의 친구 한 사람이 그를 만나고 나가면서 자신도 모르게 '다시 보세나' 하고 인사를 던졌다.

마리아노 신부는 뭐라 형언할 수 없는 시선을 보내더니 잠시 후 중얼거렸다.

"자네에게 강복하네. 부인에게도 인사를 전해주게."

다시는 만날 수 없으리라는 것을 그는 누구보다도 잘 알고 있었다. 그러기에 덧붙였다.

"그래, 다시 만나세. 집에 돌아가서 다시 만나세."

말할 필요도 없이 그 '집'은 주님의 집이었다.

---

1) 조반니 로렌조 베르니니(1598~1680) : 바로크 시기 가톨릭 최대의 예술적 천재로, 로마를 교황의 권위에 걸맞는 도시로 건설하는 데 기여했다.

재치 있고 재기에 찬 착한 마음

들어가는 사람과 나가는 사람

1230년 토디의 부유한 귀족 가문에서 태어난 야코포 데 베네딕티스는 변호사였다. 홀아비가 된 뒤 고행의 삶을 시작한 그는 단눈치오로부터 '그리스도에게 미친 사람'으로 묘사되기도 했다. 불 같은 성격이었던 그는 천상의 생각들을 글로 썼고 이탈리아 문학사에 있어 '종교적인 환희의 시인'으로 기억되게 된다. 그를 유명하게 만든 작품은 연극 〈성모님의 눈물〉이었는데 〈스타밧 마테르〉(십자가 옆에 우뚝 서 계신 어머니)도 그의 작품으로 알려져 있다.

그는 성직자와 교황을 비판하는 신랄한 풍자극들도 썼는데, 그 때문에 감옥에 갇혀 파문의 위협을 받기도 했다. 실제로 그는 거침없는 글을 쏟아냈던 것이다. 어느 날 교황 보니파시오 8세가 자신의 꿈을 해몽해 달라고 부탁했다. 지구처럼 커다란 종이 있는데 종의 추가 없는 꿈을 꾸었다는 것이었다. 야코포는 이렇게 교황의 잘못을 깨우쳤다.

"성하, 종의 크기는 세상을 감싸는 교황의 권위와 책임을 상징하는 것입니다. 하지만 주의하십시오. 추가 없다는 것이 성하께서 좋은 표본을 주지 못한다는 것을 보여주는 예가 되지 않도록 말입니다."

보니파시오 교황이 그런 해몽을 좋아했을 리 만무였다. 더욱이 저 무모한 움브리아 사람이 감옥 안에서도 자신의 태도를 바꾸지 못하고 있는 것이 아닌가! 어느 날 감방 앞을 지나면서 보니파시오 8세가 또다시 그를 향해 질문을 던졌다.

"자아, 야코포. 언제 이 감옥에서 나갈 건가?"

"성하께서 이곳에 들어올 때겠지요."

1303년 그를 감옥에서 풀어준 것은 다음 교황 베네딕트 9세였다. 하지만 야코포는 그리 오래 살지 못했다. 1306년 아시시 근처의 콜라조네에 있는 프란체스코회 수도원에서 세상을 떠났다.

신중한 행동을 위한 장미

한마디로 야코포는 그의 동향인이었던 베르나르도 아니 프란체스코 성인의 겸손한 온유함을 지니지 못했다. 프란체스코회를 창립한 프란체스코 성인에게는 선한 마음 못지 않은 재치와 성스러운 기지가 있었는데 말이다.

어느 날 아시시의 불량 청년들이 욕하는 소리에 신경이 쓰이던 가난뱅이 성인(프란체스코 성인)은 클라라 성녀에게 이제 두 사람이 헤어져야 할 때가 왔다고 선언했다. 여기저기 함께 다니는 것을 그만두어야 할 때가 되었다는 뜻이었다. 클라라 성녀도 마음에 들지는 않았지만 동의했다. 하지만 혼자서 몇 걸음 걸어가던 성녀가 다시 프란체스코 성인을 쫓아와 그러면 언제 다시 만나게 될 것이냐고 물었다. 성녀의 태도에 감동한 성인은 메마른 채 얼어붙은 땅을 보며 대답했다.

"장미가 피어날 때."

그러고는 계속해서 가던 길을 나아갔다.

클라라 성녀도 마찬가지로 자신의 걸음을 계속했다. 하지만 어찌된 일일까. 사방이 온통 봄으로 뒤덮인 것이 아닌가! 들장미 나무에 때아니게 수많은 들장미꽃이 맺혀 있는 것이 아닌가! 클라라 성녀가 들장미 가지를 꺾어 성인에게로 달려왔다. 그처럼 명백한 징표가 어디 있는가. 두 사람은 영원히 정신적으로 결합되어 다시는 헤어지지 않아야 한다는 것을 깨닫게 되었던 것이다.

성스러운 재치

슐레지엔의 공작 하인리히 1세의 아내였던 헤드비지스는 당시의 어처구니없는 관습에 따라 1186년 겨우 열두 살의 나이에 결혼하여 왕비가 되었다. 아름답고 덕이 많고 경건한 여인이자 일곱 아이의 어머니였던 그녀는 자식들 사이의 평화를 위해 기도하며 살았고, 부와 영예에도 불구하고 겸손하고 완벽한 참회자의 삶을 살았다.

운명의 장난으로 일곱 자식의 비참한 죽음을 겪은 다음에는 가난한 사람들과 죄수, 병자들을 돌보며, 불쌍한 어머니들과 어린아이들을 위해 여생을 살았다. 1203년에는 브로츠와프의 트레브니츠에 수도원을 설립하였고, 1243년 죽을 때까지 40년 동안 그곳에서 살았다.

청빈과 고행을 생활화하기 위해 성녀 헤드비지스는 수많은 속임수를 써야 했다. 여기 하나를 소개한다.

가냘픈 몸매의 그녀는 추위를 몹시 탔다. 그럼에도 불구하고 내의도 입지 않고 신발도 신지 않았다. 사람들이 맨발로 다니는 것을 알아보고 성녀라고 생각하지 못하도록 정상적으로 보이는 밑창 없는 신발을 신고 다녔다. 어느 날 고백신부가 정상적인 신을 신고 다니라고 명령했다. 그녀는 웃으며 순명했다. 발이 아니라 팔꿈치 아래에 '지니고' 다니긴 했지만.

속임수에 넘어가지 않아야

영국 사람들이 성녀 잔다르크를 혼란시키기 위해 얼마나 많은 계략을 꾸몄는지 우리는 이미 알고 있다. 아닌게아니라 그녀는 영국군이 거의 대부분 점령한 프랑스를 구하라는 믿기 어려운 '음성'과 '발현'을 경험했던 것이다. 사람들의 꼬드김이 있을 때마다 그녀는 재치 있게 받아넘겼고, 기지가 넘치는 대답으로 일관했다. 예를 들면 대개 이런 식이었다.

"거룩한 사명을 전해주러 나타날 때 미카엘 대천사는 어떤 모습이었지?"

"왕관 같은 것은 쓰지 않았어요. 그리고 입고 있는 옷도 보지 못했어요."

그러면 또다시 다른 질문이 쏟아졌다.

"그럼 발가벗은 모습이었니?"

오를레앙의 소녀가 대꾸했다.

"우리 주님께서 입을 옷도 없는 줄 아세요?"

영국 사람들은 또다시 질문을 던졌다.

"머리털이 있었니?"

어린 소녀는 직접적인 대답을 회피했다.

"머리를 잘라야 할 이유라도 있었나요?"

교황님보다 더 똑똑한 아이

1443년 알비솔라에서 태어난 줄리아노 델라 로베레는 1503년 율리오 2세라는 이름으로 교황에 선출되었는데 저 유명한 건축가 브라만테에게 베드로 대성당 설계를 의뢰했다. 설계가 끝나자 브라만테는 자신의 아들을 통해 그 설계도를 교황에게 전하게 했다. 훌륭한 설계도와 어린아이의 천진난만한 모습에 흡족해진 교황이 아이에게 말했다.

"애야, 이 금화를 보아라. 네 손에 집히는 만큼 가져가거라."

장난꾸러기 어린아이가 대답했다.

"성하, 교황님이 직접 주시지요. 저보다 손이 크시잖아요!"

노아의 방주

나폴리의 왕 페르디난도는 사람들을 데리고 도시 주변을 거닐기를 좋아했다. 어느 날 포르티치 근처를 거닐고 있었는데 따르는 사람들 중에는 류머티즘으로 고생하는 나이 많은 수도원장 갈리아니도 함께 있었다. 그런데 갑자기 소낙비가 쏟아지는 것이 아닌가. 사람들은 늙은 수도원장을 돌보지 않고 저마다 가까이에 있는 농가로 피신했다. 하늘이 다시 맑아지자 모두 다시 들로 나왔는데 머리부터 발끝까지 비에 흠뻑 젖은 수도원장을 보고는 한마디씩 했다.

"비를 맞으셨군요? 이걸 어쩌나…"

하지만 모두 위선에 찬 빈말이었다. 그러기에 원장은 따끔한 한마디를 뱉었다.

"보다시피 이렇게 흠뻑 젖었소. 노아의 방주에는 짐승들만 들어갔으니 말이오."

발이 예쁘군요!

어느 날 한 귀족이 맨발로 다니는 아빌라의 성녀 테레사를 빈정거리며 놀렸다.

"원장님, 발이 참 예쁘시군요?"

테레사 성녀가 즉시 예리하게 대꾸했다.

"잘 보세요. 이게 마지막이 될 테니까."

왕관 쓴 노새 두 마리

슐레지엔의 새로운 주들을 방문하던 덴마크와 노르웨이의 왕 패트릭 2세가 어떤 수도원에 들르게 되었다. 친절하고 경의에 찬 환대에 보답하기 위해 왕은 수사들에게 원하는 것이 있으면 청하라고 말했다. 당시 그 나라에는 새로운 수도자의 입회가 금지되어 있었다. 따라서 원장은 최소한 한 해에 두 사람의 입회를 허락해 달라고 요청했다.

왕은 승락했지만 조건을 달았다. 그 두 사람을 자신이 선택해서 보내겠다는 것이었다. 그러고는 옆에 있던 동생 헨리의 귀에 대고 말했다.

"멍청한 녀석을 둘 보내자구."

그러고는 간사스런 웃음을 터뜨렸다. 하지만 두 사람의 말을 들은 원장도 조건을 달았다.

"좋습니다. 그러면 그 둘에게는 '폐하'와 '전하'라는 수도명을 주기로 하겠습니다."

패트릭 2세는 원장의 재치 있는 대답에 만족해하며 마음껏 새로운 수련자를 받아도 좋다고 허락했다.

날개 없이는 날 수 없다

필립보 네리 성인은 불 같은 성격의 정력적인 활동가였고, 마음이 내키면 쾌활하다가도 필요하면 과격하기도 한 사람이었다. 그런 네리 신부는 활홀경에 빠지는 사람을 몽상가라고 하면서 좋아하지 않았고 믿음을 갖지도 않았다. 그가 만든 단체의 규칙 중에 이와 관련된 것이 있다.

"누군가 날개도 없이 날아오르려 하거든 그의 발을 잡고 땅으로 끌어내려야 한다."

언젠부터인가 사람들이 네리 신부에게 '미친' 처녀에 대해 말하기 시작했다. 행동이 몹시 이상한 처녀였는데, 사람들이 성인에게 충고를 구했던 것이다.

"처방을 원하신다구요? 시집을 보내세요. 그러면 나을 겁니다. 아니면 몽둥이를 써보세요."

멍청한 노새 같으니…

교황 베네딕트 14세가 된 프로스페로 람베르티니가 아직 볼로냐의 추기경이었을 때 교구 안의 어느 본당 하나도 소홀히 하지 않았다. 아무리 멀리 있는 본당도 마찬가지였다. 아버지 같은 사랑과 관심으로 교구를 돌보려는 의도였지만 추기경의 방문은 동시에 매서운 감사가 되기도 했다. 식은땀을 흘리며 우물쭈물하는 어떤 본당 신부를 앞에 두고 도저히 참을 수 없었던 추기경이 거친 소리로 말했다.

"아니 누가 신부님에게 신품을 주었지요?"

본당 신부가 겸손하게 대답했다.

"추기경님이신데요."

추기경은 볼로냐 사투리로 내뱉었다.

"오, 이런 멍청한 노새 같으니라구…"

유머가 있는 사람을 원하시면…

교황 베네딕트 14세에 관한 재미있는 이야기는 끝이 없다. 그분의 재치는 예리하면서도 단호했다. 1740년 2월 교황 클레멘스 12세가 승하한 뒤 있었던 콘클라베(교황 선출 회의)는 교황이 될 만한 후보자가 많았기 때문에 쉽게 결론이 나지 않았다. 6개월이나 감금된 채 선거를 했지만 결론이 나지 않았다. 질질 끌던 회의에 종지부를 찍은 이가 바로 람베르티니였다. 농담 반 진담 반으로 말했던 것이다.

"여러분, 성인 교황을 원하시면 고티 추기경을 뽑으세요. 정치 수완이 뛰어난 분을 원하시면 알드로반디 추기경을 지명하시고, 유머가 있는 사람을 원하시면 저를 지명하세요."

그를 바라보는 추기경들의 시선은 미심쩍어하는 모습이었다. 하지만 자리에서 물러난 추기경들이 각자 심사숙고한 끝에 지명한 사람이 바로 그분이었다는 것은 역사의 사실이다. 람베르티니 추기경이 한 말은 순수한 농담이었으며, 자신이 교황에 선출되리라고는 전혀 상상하지 못했다. 경의에 찬 모습으로 자신에게 다가오는 로한(Rohan)의 추기경을 보고 사태를 깨달은 그분은 한숨을 쉬며 말했다.

"아, 이젠 끝장이로고. 저처럼 공손한 모습을 보니 내 자유를 빼앗으려 하는 게 틀림없지."

그의 생각은 틀리지 않았다.

내일 자네를 주교에 임명하겠네

교황에 선출되기 전날 밤, 프로스페로 람베르티니는 잠을 이루지 못했다. 옆방에 있던 시중 드는 사람이 행여 몸이 좋지 않은가 하는 걱정으로 필요한 것이 있느냐고 물었다.

정말로 교황이 되는 것이 아닌가 하고 두려워하던 그분이 대답했다.

"아니, 괜찮아요. 이젠 자게 내버려두세요."

하지만 잠이 여전히 오지 않았고, 시중 드는 사람이 다시 쫓아와 몸이 불편하냐고 물었다. 조금 짜증이 난 람베르티니 추기경은 다시 괜찮다고, 아무것도 필요한 것이 없다고 대답했다. 하지만 어쩔 줄 몰라 하는 충실한 사제를 보고는 미소를 지으며 농담을 던졌다.

"내일 자네를 주교에 임명하겠네. 그러니 이제 가보게, 잠이 오나…"

다음날 다름아닌 람베르티니 추기경이 교황에 선출되었고, 베네딕트

14세라는 이름으로 그해 8월 22일 즉위하여 성 베드로좌에서 '온 세계의 민족과 백성들'을 향해 첫 강복을 내렸다. 그리고 위대한 교황이 되었다. 교회의 세속적인 권력보다는 영성적인 이익을 수호했고, 철저한 반족벌주의자요 해박한 지식을 갖춘 교황으로서 학문 연구를 장려했으며, 교황직의 정신적인 권위를 드높였다. 하지만 뛰어난 유머를 지닌 사람답게 언제나 명랑하고 쾌활한 모습으로 결코 농담을 마다하지 않았다.

성베드로 성당의 사제회의에서 성금요일 전례에 신앙적인 면에서나 음악적인 면에서나 탐탁지 않은 어떤 의사음악가가 작곡한 곡을 연주하기로 했다는 소식을 들었을 때, 몹시 실망한 얼굴로 즉흥시를 읊었다.

"슬픈 표정의 의사가 지은/사악한 음악은/그리스도 임종의 고통을/더욱더 격하게 하리."

또 한번은 음악적인 수준이 뛰어나지 못하고 소리만 요란한 음악회가 끝나자 탄식을 올렸다.

"때로는 귀가 먼 것이 하느님의 선물이로구먼."

어찌 입을 다물꼬?

베네딕트 14세는 말이 많기로 유명한 로마의 어떤 귀족 부인 때문에 심한 곤혹을 치렀다. 하지만 교황은 부인의 가문을 보아 말을 중간에 끊지 않고 참고 들어주곤 했다. 부인의 수다가 얼마나 거침없었던지 교황의 유명한 재치도 쓸모가 없었다.

수다쟁이 부인이 죽었다는 소식을 들었을 때, 교황은 참았던 농담기를 흘리고 말았다. 부인을 위한 연미사를 드렸는데, 미사가 끝나자마자 마치 오래 묵은 부담을 날려버리기라도 하려는 듯 한마디했던 것이다.

"부인에게는 참 안됐지만, 그 사람 이젠 입을 다물어야 할 테니 어찌 눈을 감을 수 있을는지…"

베네딕트 14세는 교황다운 농담을 계속했고, 덕분에 웃고 또 남을 웃기는 일이 끊이지 않았다. 언젠가 힘든 수술을 받게 되었는데 의사의 이름이 우연히 본시오(본디오)였다. 의사가 교황 성하께 고통스럽냐고 물었을 때였다.

"우리 주님도 본시오[1] 아래서 고통을 당하셨잖소!"

팔십 명의 떼거리

베네딕트 14세의 가장 '난처한' 농담은 베드로좌에 오른 지 몇 해 지난 뒤에 한 말이다. 볼로냐의 원로원이 교황의 특별한 승인을 받고자 두 사람의 귀족을 특사로 보냈다. '사십인의 오르시' 의원과 '사십인의 보비' 의원이었다. 볼로냐의 원로원은 그 지역의 가장 이름있는 귀족 가문에서 뽑은 사십 명으로 구성되어 있었는데, 원로원의 제한된 인원인 사십 명 안에 든다는 것은 그 자체로서 영예였기 때문에 원로원에 속하는 가문의 성 앞에는 '사십인의'라는 말을 관례적으로 사용하고 있었다. 내용을 모르는 베네딕트 14세의 비서가 착각해서 교황께 아뢰었다.

"사십 분의 오르시와 사십 분의 보비 의원들께서 기다리십니다."

두 가문을 다 잘 알고 있던 교황은 상황을 정확히 알고 있었지만 시치미를 떼고 영문 모르는 비서 신부에게 일렀다.

"그 팔십 분의 떼거리를 들어오시라고 하게."

---

1) 본시오 빌라도는 예수가 처형당하던 때에 로마 총독이었다.

오라 프로 노비스(우리를 위하여 빌으소서)

교황 베네딕트 14세가 가장 재미있어하고 또 가장 오래 웃음을 터뜨린 얘기는 브뤼셀에 교황 대사로 있던 한 주교에게 일어난 일이었다. 이 교황 대사는 브뤼셀의 맛 좋은 맥주(이탈리아어로 '비라'라고 함)를 좋아하는 분이었다. 어느 날 몹시 열이 났던 교황 대사는 침대 주변에서 간호하고 있는 사람들은 생각지도 않고 목을 축이고 싶은 생각에 무심코 한마디하셨다.

"오, 성스러운 브뤼셀의 '비라'여!"

교황대사께서 알지 못하는 어떤 성녀의 이름을 부르는 줄로 생각한 사람들이 합창을 했다.

"오라 프로 노비스!"(우리를 위하여 빌으소서!)[2]

그 아버지에 그 아들

베로나의 피에트로 레오나르디 신부는 1769년 7월 17일에 태어나 1844년 4월 9일까지 사신 분이다. 젊은 날의 열정을 끝까지 지닌 채 가난한 사람들, 특별히 버려진 어린이들을 위해 헌신한 마음씨 좋고 특별한 인물이다.

레오나르디 신부의 집안은 대대로 약국을 경영하는 집안이었다. 그 역시 약사가 되어야 할 몸이었기에 아버지는 아들의 선택을 선뜻 받아들

---

2) 가톨릭 교회에는 성인 호칭 기도라는 것이 있는데, 선창자가 성인들의 이름을 계속해서 부르면 나머지 사람들이 성인 이름 끝마다 "우리를 위하여 빌으소서!" 하는 후렴으로 되받는다.

이지 못했는데 아들의 첫 미사 때가 되자 첫 미사를 아주 성대한 의식으로 꾸미고 싶어했다. 아버지의 간곡한 부탁에 아들은 제안을 받아들이지 않을 수 없었는데 대신 조건을 하나 달았다. 버려진 아이들을 위해 거액의 돈을 내달라는 것이었다. 아버지 역시 거절할 명분이 없었으므로 아들의 요구를 들어주었다.

"고맙습니다. 레오나르디 박사님."

피에트로 레오나르디 신부는 아버지가 건네주는 돈을 주머니에 집어넣으며 농담을 건넸다.

"박사님께서는 세상의 아버지들 중에서 가장 멋진 아버지십니다. 주님께서 반드시 갚아주실 거구요."

"그야 말할 필요가 없지. 하지만 주님께서 갚아주시기 전에 우리 아들 신부께서 먼저 좀 갚아주어야겠네. 먼 훗날이 아니라 당장 말일세! 우리 아드님께서 신부님이 되셨으니 좋지. 좋고말고. 하지만 최소한 박사님 소리를 듣는 신부가 되어야 하겠네. 우리 레오나르디 집안의 여느 사람답게 최소한 학위 하나는 가진 신부님이 되어야겠다는 말일세."

아들은 입을 다물고 삭발한 머리를 절레절레 흔들었다. 아버지가 어떤 분이라는 것을 누구보다 잘 알고 있던 젊은 신부는 레오나르디 가문의 자제답게 설욕하는 방법밖에 없다는 것을 깨닫는다. 가난한 사람들을 위해 그는 아버지가 요구하는 대로 '갚아주기로' 결심했던 것이다. 그리하여 좋은 성적으로 학위를 받았다. 그러나 학위증을 서랍 깊숙이 감추어 버리고는 죽을 때까지 철저히 가난한 이들을 위한 사업에 매진했다. 성인들에게 가장 어울리는 '복수'가 아닐까?

지워야 할 서명

속명으로는 안니발레 젱가였던 레오 12세는 매우 정력적인 교황이었다. 레오 12세는 세금을 폐지하여 백성들의 환호를 받았지만, 술집 출입을 금지해서 불평을 듣기도 했다. 싸움을 없애기 위해 공공장소에서 술을 마시지 못하도록 금지하고 그 조치를 더욱 확실하게 하기 위해 술을 파는 곳에서는 술병을 주는 창구와 돈을 내는 창구를 구분하게 했다.

레오 12세는 수도원의 개선과 수도자들의 열정을 돋우기 위해 수행원 없이 일반 사제와 마찬가지로 검은 수단을 입고 갑자기 수도원을 방문하기를 좋아했다. 이와 관련하여 재미있는 일화가 하나 있다.

이른 시간 어떤 수도원에 도착한 교황은 수사들이 자리에서 일어나기 전에 수도회의 성당으로 들어가 무릎을 꿇고 기도를 올렸다. 그러고 나서 수사들과 어울린 교황은 애정 어린 대화를 나누었다. 한순간 수사들이 조심스럽게 부탁했다. 영원히 기억할 수 있는 서명을 남겨달라고… 교황은 이미 자신이 무릎 꿇고 기도했던 자리에 서명을 남겨두었노라고 대답했다. 수사들은 즉시 성당으로 달려갔고, 먼지가 수북한 장궤틀에 씌어진 서명을 발견했다.

"레오 12세."

수사들의 얼굴빛이 어떠했겠는가?

단 한푼도…

교황 레오 13세와 그의 조카 페치 백작 사이에 있었던 이야기이다. 페치 백작은 돈 많은 미국 여자와 결혼했다. 그럼에도 불구하고 지나치게

지워야 할 서명 : 레오 12세

사치한 생활을 하던 두 사람은 교황인 삼촌에게 항상 돈을 달라고 조르기 예사였다. 하지만 레오 13세는 언제나 그 청을 거절했다. 궁리 끝에 페치 백작은 아내를 로마로 보내기로 묘안을 짜냈다. 미국 여인은 달콤한 말로 교황께 애교를 떨었다.

"성하, 도와주시지 않으면 저는 로마의 극장에서 노래를 불러야 할지도 몰라요."

"오, 그래요? 내 신분 때문에 구경을 가지 못할 것 같아 미안하구먼."

그러고는 단 한푼도 주지 않았다.

이 위대한 교황은 농담을 거의 하지 않았다. 산티아고의 대주교 카사노바 몬시뇰이 임지로 떠나기 전 인사차 교황을 알현하고는 감격했다. 당시 이미 고령이었던 레오 교황을 보고 대주교가 말했다.

"성하, 저는 오랫동안 먼 곳으로 떠납니다. 다시 성하의 손에 입맞춤을 할 수 있을지 걱정스럽습니다."

교황이 태연하게 응수했다.

"몬시뇰께서는 아직 젊으신데 언젠가는 로마로 돌아올 게 아니오?"

평범한 사람들의 재치

베르나데트 수비루[3]는 머리가 뛰어나지 못했다. 하지만 의미 있고 '맵고 짭짤한 대답'으로 미루어보아도 알 수 있듯이 재치 있는 시골 소녀였는데, 열네 살에 이미 성모님의 발현을 믿지 않으려는 본당 신부로부

---

3) 베르나데트 수비루(1844~1879) : 프랑스 루르드 출생. 세례명이 '마리 베르나르다'였으나 베르나데트로 더 잘 알려져 있다. 성모의 '루르드 발현'을 목격하여 기록했다.

터 자신을 방어해야 했다. 가난한 집안 사정을 생각해 그녀를 도와주려
던 본당 신부가 번번이 호의를 거절당하자 어느 날 금화가 가득 든 자
루를 통째로 주려고 했다. 그러자 어린 소녀가 대답했다.

"성모님이 루르드에 발현하신 것은 저의 집을 잘살게 해주시려는 것
이 아니었어요. 천국으로 가는 길을 가르쳐주시려는 것이었지요."

"그럼 이걸 받아서 가난한 사람들에게 나누어주면 되지 않겠니?"

"가난한 사람들에게는 제 손으로 주는 것보다 신부님께서 직접 드리
는 게 신앙에 더 도움이 될 건데요."

베르나데트의 어머니는 그런 딸에게 퉁명스레 말하곤 했다.

"넌 언제까지나 그렇게 가난한 무식쟁이로 끝나고 말걸."

하지만 베르나데트를 신뢰하기 시작한 본당 신부는 어머니의 퉁명스
런 말을 정정했다.

"따님께서는 스스로 안 믿으려 하지만 썩 잘 이해한답니다."

잘 이해하는 탓에 주교님이 그녀에게 수도원에 들어가는 것이 어떻겠
느냐고 말했을 때, 베르나데트는 가난 때문에 어렵다고 대답했다. 그러
자 주교님이 말했다.

"가난한 사람들은 지참금이 없어도 수도원에 들어갈 수 있어요."

"네, 주교님, 하지만 그 사람들은 할 줄 아는 게 있잖아요?"

주교도 물러서지 않았다.

"하지만 아까 보니 너도 할 줄 아는 게 있던데?"

"감자 깎는 일이요?"

"수도 공동체에는 그런 일도 필요하단다."

베르나데트는 그 말에 안도하고는 니베르의 수도원에 들어갔고, 평생
순명과 겸손과 근면의 모범이 되었다. 총명과 재치에서도 마찬가지였다.

40일이 아니라 100일

어느 날 고위 성직자 한 분이 수녀원의 수련원으로 찾아가 마리아 베르나르다(베르나데트의 수도명) 수녀를 찾았다. 마리아 베르나르다 수녀는 그 말을 듣고 즉시 그곳을 떠나려 했다. 그러자 동료 수녀가 그녀를 잡았다.

"주교님의 반지에 입맞춤을 하면 40일 대사[4]를 얻을 수 있는데 기회를 잃을 거니?"

"아이구 예수님, 불쌍히 여기소서!"

그것이 값진 대사라는 것을 익히 알고 있던 마리아 베르나르다 수녀가 문을 나서며 대답했다.

"이렇게 하면 나는 오히려 100일의 대사를 얻게 되는지도 모르는걸!"

과연 그녀는 농부와 가난한 사람들만이 지닐 수 있는 지혜를 지니고 있었다. 어느 날 동료 수녀들은 아기 예수가 소화 테레사 성녀에게 나타났던 이야기를 나누고 있었다. 소화 테레사가 아기 예수와 함께 있다가 기도종 소리가 나자 잠시도 머뭇거리지 않고 아기 예수를 내려놓은 채 얼른 성당으로 갔다는 얘기였다.

"마리아 베르나르다 수녀님 같으면 어떻게 했겠어요?"

"저도 즉시 갔을 거예요. 하지만 아기 예수님을 데리고 갔겠지요. 그리 무겁지도 않았을걸요."

---

4) 대사 : 연옥에 있는 영혼들이 생전의 죄에 대한 벌을 줄여주는 은혜로 가톨릭에서는 살아 있는 사람들이 일정한 선행이나 신앙 행위를 하면 연옥에 있는 영혼들이나 자신의 영혼이 연옥에 갔을 때 대사를 받는다고 믿는다.

아르스의 성인 목자께서 남긴 재미있는 대답들

비안네 신부에게서 친절치 못한 대답이 나오리라고 기대하는 사람은 없을 것이다. 하지만 그렇게 하지 않았으면 성가신 순례자들을 떨쳐버리기가 쉽지 않았으리라. 찰거머리 같은 한 '경건한 부인'이 다가와 하소연했다.

"신부님, 저는 벌써 사흘째 이곳에 머무르고 있어요. 그런데 아직도 신부님과 한 말씀도 나누지 못했어요."

그러자 비안네 신부는 아무 일도 아니라는 듯이 대꾸했다.

"천국에 가서요, 부인. 천국에 가서 얘기 나눕시다."

또 한 부인이 다가와서 하소연했다.

"저는 신부님을 뵈려고 먼 길을 걸어서 왔어요."

비안네 신부가 대답했다.

"전혀 그럴 가치가 없었어요. 그러지 않았다 해도 손해볼 게 하나도 없으니까요."

"한 말씀만 해주세요, 신부님!"

"벌써 백 마디는 하셨잖아요?"

"신부님, 제 성소가 무엇인지 알고 싶어요!"

"천국에 가는 겁니다."

파리에서 온 어떤 귀부인은 말했다.

"훌륭한 설교를 듣기 위해 왔어요. 하지만 다른 곳에서 하는 설교가 훨씬 낫다고 고백할 수밖엔 없군요."

아르스의 본당 신부가 웃으며 대답했다.

"꼭 맞는 말씀이세요, 부인. 저는 아는 것이 없습니다. 하지만 제 말씀대로 하면 주님께서 부인께 자비를 베푸실 거예요."

아르스의 본당 신부는 어떤 사람을 회개시키는 날이면 즐거운 표정으로 돌아오곤 했다.

"이 늙은 마술사가 오늘 장사를 잘했다니까!"

보좌 신부이던 레이몬드 신부가 다른 곳으로 발령이 나자 비안네 신부는 몹시 슬퍼했다. 비안네 신부가 새로운 보좌 신부에게 불평했다.

"전에 있던 보좌 신부님한테 부당한 대우를 많이 당했는데, 그것은 내게 좋은 보약이었어요. 그런데 신부님은 저에게 도무지 꾸중을 하지 않아요. 아, 예전이 훨씬 좋았는데!"

뒤통수를 한 대 우려칠 테니…

비오 신부에게 고정적으로 고백을 하는 사람은 여러 지역에 흩어져 있었는데, 비오 신부는 이들에게 전혀 온순한 면을 보이지 않았다. 그것은 그들의 마음을 모두 읽고 있을 뿐만 아니라 그들의 속마음을 잘 알고 있기 때문이었다.

로마의 한 청년에게 있었던 일이다. 그 청년은 성당 앞을 지날 때마다 성당에 들어가거나 아니면 최소한 모자를 벗어 경의를 표하는 좋은 습관을 가지고 있었다. 어느 날 시골 친구에게 놀러 간 적이 있었는데 노는 데 정신이 팔려 성당 안의 주님께 경의를 표하는 일을 잊고 말았다. 그 순간 비오 신부의 호령 소리가 들려오는 것이 아닌가.

"못된 놈!"

청년은 즉시 성 조반니 로톤도로 비오 신부를 찾아갔다. 모습을 드러내자마자 고백신부가 먼저 입을 열었다.

"자네, 조심하게. 아까는 그저 꾸중으로 대신했지만 한 번만 더 그러면 뒤통수를 후려칠 테니…"

남의 일에 참견 마시오

비오 신부는 거칠고 접근하기 어려운 사람으로 알려져 있다. 자신에 대해 참견하는 것을 몹시 싫어하는 사람이기도 했다. 사제 서품 후 5년 동안 피에트렐치나에서 살 때였다. 부모님의 집 뒤에 조그만 움막을 하나 지어놓았는데 그곳에 있는 동안은 아무도 방해하지 않았기 때문에 마음껏 기도하고 묵상에 잠길 수 있었다. 1915년 9월 20일 어머니 페파가 식사하라고 그를 불렀다. 비오 신부는 마치 불에 데기라도 한 듯 손을 마구 흔들며 밖으로 나왔다. 쾌활한 성격의 어머니가 멀리서 그를 보고는 웃으며 말했다.

"비오 신부, 어디 아픈가 보지? 마치 기타를 치는 것 같던데?"

"아무것도 아니에요. 어머니. 그저 조금 통증이 있을 뿐이에요."

어머니는 더 이상 아무 말도 하지 않았다. 삼 년 뒤 같은 날 비오 신부는 성흔[5]을 받았다. 그날 비오 신부는 합창단의 세 번째 줄에 서서 합창하고 있었는데, 아르칸젤로 신부가 비오 신부의 손에서 피가 흐르는 것을 보게 되었던 것이다.

"상처가 났어요?"

그러자 비오 수사 신부가 대답했다.

---

5) 성흔(聖痕) : 예수님이 십자가에 매달릴 때 입은 상처로서 오상(五傷)이라고
    도 한다. 높은 경지의 관상에 이른 가톨릭 성인들 중에 기적적으로 이런 상
    처를 받은 분들이 있다.

"남의 일에 참견 말아요!"

말을 마친 비오 신부는 원장 신부에게 가서 그 사실을 알렸는데 그날부터 손에서 피가 멎지 않았고, 예리한 고통도 끊이지 않았다. 하지만 그의 손은 오랑캐꽃 향기를 뿜어냈다.

황소를 생각해 보세요, 그러면…

성 조반니 로톤도의 카푸친회 수사인 비오 신부는 성흔과 이로 인해 생기는 고통을 가장 큰 고행으로 알고 참고 견뎠지만, 합리주의자들과 의사들은 그런 현상을 자기 암시나 병적 흥분 상태, 과대망상 등 한마디로 비정상적인 병리 현상으로 이해하고자 했다.

하지만 육체적으로 건강하고 상식이 풍부할 뿐만 아니라 그처럼 쾌활한 사람이 자기 최면에 빠진다는 것은 있을 수 없는 일이다. 따라서 비오 신부 앞에 나타나 대단한 발견이라도 한 것처럼 말한 젊은 의사의 말은 가당치 않은 말이다.

"저는 성흔 따위는 믿지 않습니다. 그것은 신부님이 십자가에 못박힌 예수의 상처를 너무 골똘히 생각해서 생겨난 것이라구요!"

비오 신부가 그런 사람들에게 얼마나 매서운 대답을 했는가는 이미 잘 알려진 사실이다.

"훌륭해요, 젊은이. 그러면 젊은 의사 선생께서 황소를 골똘히 생각해 보세요. 그러면 머리에 뿔이 날 테니까!"

가련한 인생

비오 신부 곁에서 20년이라는 세월을 함께한 후원자 베빌라콰가 어느 날 아무도 몰래 비오 신부의 수도복 띠에서 실을 빼내기 시작했다. 많은 사람이 그것을 요구했기 때문인데 사람들이 그 실로 나쁜 일을 하려는 의도가 있는 것은 물론 아니었다. 비오 신부는 처음 그냥 모르는 체 넘어갔다. 하지만 얼마 가지 않아 모든 것을 알고 있다는 것을 넌지시 암시하기 시작했다. 아니 가끔씩 경고하는 것을 잊지 않았다.

"자네, 조금씩 조금씩 내 실을 모두 다 가져가 버리겠네."

어느 날 베빌라콰가 비오 신부에게 말했다.

"신부님, 신부님은 자신이 어떤 분인지 알고 계시는지요?"

그러자 수사 신부가 즉각 대답했다.

"뭐라고 그러면 좋겠나? 그저 가련한 인생이지…"

베빌라콰가 덧붙였다.

"신부님은 피리를 잘 부시니 구유에 누워 계신 아기 예수님을 즐겁게 한 사람입니다."

먹을 것 없는 사람들이여, 맛있게 드시게

"먹을 것 없는 사람들이여, 맛있게 드시게. 그리고 먹을 것 많은 사람들은 식욕을 조금만 줄이시게."

언젠가 비오 신부가 친구들에게 말했다. 단식을 많이 한 그로서는 식욕에 관한 한 지나치리 만치 왕성했다. 그러나 탐식은 결코 허락지 않았다. 어느 날 그는 자신도 모르게 한마디 내뱉었다.

"새우 두 마리만 먹어봤으면 좋겠네."

여관 주인이 그 말을 듣게 되었다.

"오, 맙소사."

비오 신부의 영적 아들이었던 여관 주인은 혼잣말을 중얼거리고는 제철도 아닌 새우를 구하느라 전력을 다했다. 만프레도니아까지 자동차를 보냈지만 새우를 구할 길이 없었다. 일부러 바다에 나가 겨우 새우를 잡아 성 조반니 로톤도로 가지고 왔다. 맛있게 요리를 해서 신부 앞에 내놓자 비오 신부는 미소를 지으며 감사했다. 그러고는 덧붙였다.

"자, 어서 가난한 사람들에게 가져가게나!"

제철이 아닌 때에 복숭아가 생겼을 때도 마찬가지였다. 어떤 사람이 베네벤토에서 복숭아를 구해서 숨을 헐떡이며 가지고 왔다. 하지만 저 별난 카푸친 수사의 단 한마디를 들어야 했다.

"가난한 사람들에게 드리게!"

365일

파티마의 메시지[6]에 대한 관심이 지나쳤던 때의 일이다. 많은 사람들이 모르는 것이 없다고 생각하는 비오 신부에게 파티마의 비밀이 무엇인지 물었다.

"신부님, 1960년에 무슨 일이 일어날까요?"

그러면 비오 신부는 점잖게 대답했다.

"1960년에는 365일이 있을 거요."

---

6) 파티마의 메시지 : 1917년 7월 13일 포르투갈의 파티마에 성모가 출현하여 남긴 메시지.

하지만 이내 농담을 하던 표정을 싹 바꾸고는 진지한 얼굴로 말하곤
했다. 성모님께서 회개하라는 경고를 보내신 것만큼은 명백하다고…

고기도 구울 줄 안다구요

조르조 라 피라는 성인다운 사람이었다. 그러나 피렌체 시장으로 있는
동안, 모든 일을 시 의회에서 시정을 잘 설명해야 한다는 것을 깨닫기까
지에는 많은 시련을 겪었다. 그러나 한번 마음을 먹은 다음부터는 아주
명백하게 시정에 대해 설명했다.

"여러분들은 제가 계산에 밝지 못하다고 하는데, 어쩌면 그럴지도 모
릅니다. 하지만 이것 한 가지는 알아두어야 합니다. 대학 강단에 서기 전
에 저는 카타니아에 있는 친척의 회사에서 회계를 맡았는데, 과일을 수
출하는 그 회사에서 저는 매일 꼼꼼하게 계산을 했다는 사실을 말입니
다."

전직 피렌체 시장으로 소수당을 대표해서 시정에 관여하던 공산주의
자 파비아니가 라 피라의 계획에 반대하고 나섰다.

"모두 연기뿐이라니까!"

그러자 라 피라 시장이 대답했다.

"아니, 그렇지 않아요. 파비아니 의원. 우리 그리스도인들이 연기만 피
우는 것이 아니라 고기도 구울 줄 안다는 것을 당신은 모르는가 보지
요?"

번역을 마치고

드디어 탈고가 끝났다!

밤 한 시 반… 역주도 보충하고 보기 좋게 면까지 조정했다.

이젠 인쇄를 할 차례. 프린터를 연결해야지…

콘센트에 프린터를 연결할 자리가 없다. 무심코 콘센트를 뺐다. 그런데 아뿔싸! 오후부터 지금껏 작업한 것이 하나도 저장되지 않았을 줄이야.

컴퓨터를 껐다 켰다 아무리 되풀이해도 오후부터 저녁 내내 한 작업이 하나도 저장되지 않다니…

하늘에 대고 삿대질을 하고 싶은 심정… 휴우… 제기랄…

방을 나갔다. 담배를 피워물었다. 냉장고에서 맥주도 한 잔 가득 따라 마셨다. 휴우… 제기랄… 이 멍청한 놈…

망연자실한 채 의자에 주저앉았다. 그런데 불현듯 떠오르는 생각.

'이럴 때 성인들은 뭐라 내뱉으며 중얼거렸을까?'

적절한 유머는 떠오르지 않았지만, 그래, 최소한 입가에 평화를 머금은
채 평화로이 잠자리에 들 수 있을 것 같다.
자자! 평화로이! 내일을 위해.
사랑이신 하느님께서 허락하신 일이니…

1999년 봄

김홍래